TE JURO QUE SOY CULPABLE

Autores Españoles e Iberoamericanos

JUAN MANUEL CAO

TE JURO QUE SOY CULPABLE

© Planeta Publishing Corp., 2004
2057 NW 87 Ave.
Miami, FL 33172 (EE.UU)

Fotografía del autor: Roberto Koltun
Cubierta: René Velázquez de León

Primera edición: agosto de 2004

ISBN 0-9748724-5-8

Impresión y encuadernación: Editorial Linotipia Bolívar
Impreso en Colombia - Printed in Colombia

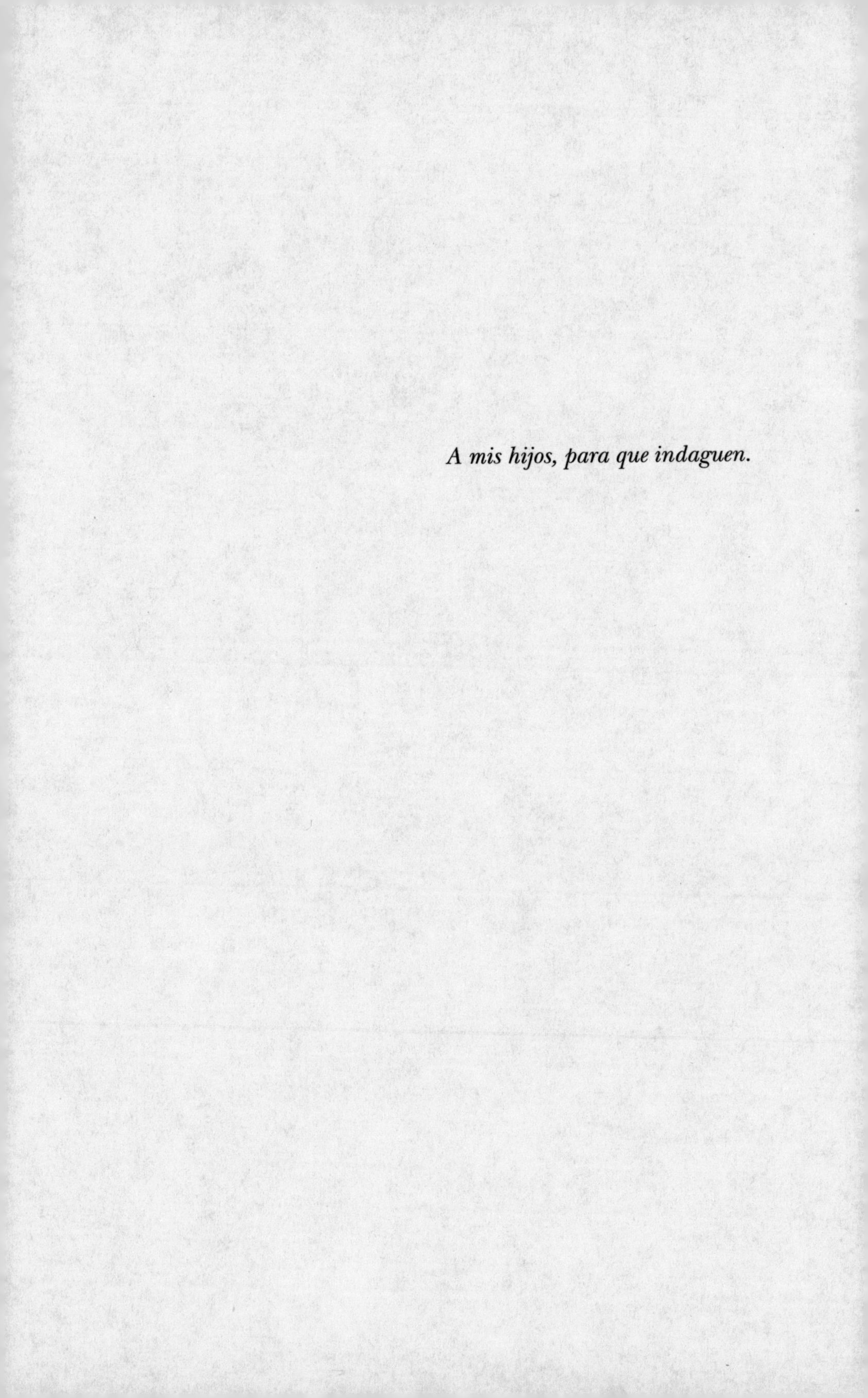

A mis hijos, para que indaguen.

Madrid, 30 de enero del año 2000

Señora Emilia:

Estos papeles le pertenecen. Si están en mi poder es por causas que trato de aclararle (y de aclararme) en una extensa nota que encontrará al final. Hay secretos que comprometen demasiado. Confidencias de las que nos volvemos depositarios sin haberlo querido. Detesto los enigmas: no tengo vocación de esfinge. Me gusta hablar claro y ser correspondida. ¡Por supuesto que no fui siempre así! Usted conoce la historia, bueno, la que todos saben, pero hay otras cosas. Usted debe enterarse de quién traicionó a su hijo. Si he callado, ha sido por miedo a herirla y porque me muero de la vergüenza. Yo también le fui desleal. Sí, yo.

Señora Emilia, por favor, autoríceme. A pesar de todo lo que va a conocer, de todas las cosas tristes de las que va enterarse, deme el permiso que le pido. Él lo habría querido así, no tengo dudas. Ahora tal vez sea un buen momento porque parece que estamos de moda; eso sospecho. Lo mejor y lo peor de lo nuestro aparenta estar de moda. ¿Usted sabía? A algunos les ha dado por eso. ¡Y pensar que me fui para olvidar! Todo el que escapa lo hace para olvidar, pero no siempre se logra. ¡Usted entiende que me sobran razones para no querer oír más de ese maldito lugar! ¡Usted lo sabe! Pero le digo una cosa, querida Emilia, ¡esa sombra me persigue! ¡La porquería me persigue! Peor: ¡ahora que estoy lejos, toda esa bazofia de la que salí huyendo me llega adulterada, más falsa que nunca! ¡Me manosea con sus libidinosos dedos, me mira con lujuria! Yo creo que en estos días a todos nos pasa igual. ¡El pasado nos besa con la boca llena de humo, de ron y de malas palabras! Porque el mundo también ha descubierto nuestras caderas, nuestra cintura, el gigantesco pene que se yergue en medio del mar. Esa es la imagen que tienen. La siempre fiel, la siempre casquivana, la siempre celosa y posesiva y caliente y majadera y tormentosa y rebelde y dócil isla. Mujer y hombre en un solo cuerpo decrépito y seductor a la vez.

No hay escape. Me ha tocado vivir de una manera, y parece que de esa manera moriré. Ni siquiera vale la pena intentar que los demás entiendan. ¿Para qué? ¿Verdad? La gente desea divertirse, y mi monserga, mi impotencia siempre a punto de estallar, les agua la fiesta. Y ¿los que sí? Da igual. Son muchos los que se empeñan en seguir izando ciertas banderas que para mí no significan nada. Sé que son, a pesar de sus vivos colores, negros blasones de piratas. La gente ama a los vencedores, y yo soy la más grande perdedora del mundo. Puede que me escuchen una vez, que despierte cierta compasión, «¡pero no me vengas todos los días con la misma cantaleta, con los mismos lamentos! ¡Con los míos tengo suficiente!», dirán. Y ¿sabe una cosa, señora Emilia? Creo que tienen razón. Yo tampoco tengo ánimos para escuchar lamentos ajenos. Prefiero que me dejen en paz y divertirme y disfrutar un poco. Aunque sea un poco. De todos modos, por ahora no habrá diversión ni disfrute alguno, las circunstancias en las que me hallo me lo impiden, pero no se preocupe, que estoy relajada. Hice lo que tenía que hacer y yo misma me he dado la absolución. Sólo me falta, para dormir en paz, resolver este último asunto. Pero dormir en paz no significa que pueda evitar el mal humor. ¡Porque nosotros también tenemos la culpa! ¿Quién más? ¡Hemos mentido tanto! Hemos aplaudido, desfilado, bailado y reído de tal manera que los demás, confundidos, no entienden que al escapar empecemos a lamentarnos y a gritar a los cuatro vientos que todo era mentira, que no teníamos otra alternativa, que en el paraíso arden llamas invisibles. No es fácil creernos.

¡Ya ve, señora Emilia! He terminado dando un discurso. ¡Si de eso precisamente estoy hasta el último pelo! El pasado no tiene sentido y por eso no vale la pena evocarlo, al menos el mío. Yo trato de recobrar aquellos tiempos mansos del amor con su hijo, pero únicamente veo rostros borrosos. Trato de evocar las facciones de mis seres queridos y descubro con asombro que apenas distingo los contornos, que he perdido los detalles y que sería incapaz de dictar un retrato hablado de cualquiera de ellos. Sin embargo, una sabe que todo está ahí, latente y doloroso. No me pregunte por qué, no tengo idea, pero usted es lo único vivo que me queda de aquellos recuerdos, de aquellos tiempos que a veces no sé si fueron buenos o malos, felices o infelices. Porque parece que dentro de la desgracia siempre hay, oculta, una fuente de alegría. Por gusto no será. He visto gente, que convivió y padeció en los peores lugares, reencontrarse luego con regocijo, mirarse con alborozo y abrazarse con una efusión inexplicable para mí; como si el otro no trajese malos, sino buenos recuerdos. Debe ser el consuelo de los sobrevivientes. Yo no. Yo no quiero ver a nadie. Cuando apuñalé el rostro de mi madre, corté todos los lazos con el pasado. Después le cuento.

A lo que voy: me gustaría tener su autorización. Estos papeles me son sagrados... por eso los ocultaba. Pero necesito salir de ellos, terminar también con esta historia, sacármela de adentro. No pienso que sirva de nada, pero tengo que hacerlo. Ahí le mando una copia. Van bien escondidos. He aprendido bastante en estos lances. Dejemos que hablen de una maldita vez, que hagan aquello para lo que se supone que fueron escritos. O ¿no fue por eso que su hijo se buscó tantos problemas? ¿No lo hizo él cuando nadie se atrevía? ¿No pagó por ello con la vida? A mí no me interesa, pero lo hago por él, por su memoria.

Ahora, cuando releo, comprendo lo jóvenes que éramos. ¿Cómo es posible que a tan corta edad nos pasara tanto? Ahora veo a Serafín intentando hacer magia con lo imposible, sin darse cuenta de que era magia negra. Él creía que la belleza lo salvaba. Ahí estaba la razón de su empeño. Así era él... así era a veces. Yo lo sé. Y sé también otras cosas. Porque detrás de la madeja de palabras está el dolor que nos embarga, la impotencia, las ansias y la confusa esperanza. Vocablos trajinados pero indispensables para describir lo que nos tocó.

No he querido actuar sin su consentimiento. Usted está allá adentro, en la boca del lobo, mas piense que en última o en primera instancia su hijo habría deseado, con toda seguridad, publicar lo que a todo riesgo escribió. He demorado hasta hoy para entenderlo. Sé que son apuntes incompletos, pero para reparar ese detalle fundamental ya no podemos hacer nada. He guardado estos documentos durante años. Los he releído mil veces y las mil veces he llorado. Ya no quiero verlos más. Lo diré todo. Aunque no me perdonen, o tal vez para ello. Sé que no tengo derecho... pero así sucedieron las cosas. Espero su aprobación; no quitaré una palabra, sólo agregaré mi versión, únicamente los pormenores que estuvieron a mi alcance, la otra dimensión de los hechos, los detalles que ellos nunca supieron. Sí, dije ellos, porque ésta no es solamente la historia de su hijo Serafín, es también la de Raúl —el pobre Raúl— y es a la larga mi propia historia. Sin los acontecimientos que vi, sin las emociones que sentí, sería imposible entender la verdad completa. ¿Existe la verdad completa? ¿Existe la verdad? Esas son preguntas de borracho. Bueno, los borrachos modernos ya no se hacen preguntas. Filosofar... ¿para qué?

A los padres de Raúl no les pediré permiso, nunca entenderían. Con los míos me da pena, pero ya advertí que lo voy a contar todo. Le repito que he releído mil veces estas páginas y que las mil veces he llorado, he vuelto a sufrir, he aprendido, he crecido. Ahora, aunque no sea fácil, lea usted.

Un beso de hija, Carla.

La Habana, década de los setenta

La casa estaba rodeada, pero él no lo sabía. Ni siquiera Fefa lo sabía. Tampoco la abuela, ni la tía, ni la madre, que jamás fue buena para los presentimientos. Serafín Rodríguez se había despertado esa mañana con la alegría despeinada. Hacía tiempo que no sentía tantos deseos de desafiar la vida. La modorra de los últimos meses era, en sólo minutos, un vago y descolorido recuerdo. En la vieja casa todos dormían. Fue hasta la sala y se molestó al encontrar las ventanas cerradas. «Seguro ha sido mi madre. Nunca renunciará a esa loca manía de poner tapias al aire.» Pasó el dedo índice por la tapa del piano y comprobó que el polvo se había reproducido. «Pobre tía, jamás va a terminar de sacudir. Inútil batalla la suya. Este piano y el polvo son hijos de una misma madera. ¿No se dará cuenta? ¿Cuántos años tendrá el viejo clavijero?» Serafín Rodríguez se encogió de hombros. Hoy no quería perderse en meditaciones estériles. El futuro estaba en el umbral y lo esperaba ansioso, como un amor de estreno: con los brazos abiertos. Se apresuró hasta la ventana principal y la abrió de un golpe. Luego las otras. La sala se iluminó. Era un recinto perfectamente cuadrado, con un destartalado televisor de los años cincuenta colocado bajo una de las ventanas. Los muebles estaban descascarados, faltos del mantenimiento que la tinta, ilusión de caoba, exige periódicamente. Había tres butacas, dos sillones y un sofá. Contra la pared, paralelo a los restos de lo que pretendió ser una lámpara

Tiffany, estaba el piano, justamente debajo de una grotesca reproducción del *Hijo pródigo* de Rembrandt. Los otros cuadros eran: un cristo al óleo sobre tela de saco, que un pintor ambulante, negro y prodigioso, vendió a la abuela por medio peso; una litografía del salto del Hanabanilla que más bien parecía un gato duchándose y una pequeña naturaleza muerta, frutas tropicales en una explosión de colores injustificados, que la propia abuela, en sus años de soltera, había embarrado. Lo demás eran adornos comunes, artesanías de baratillo que cada miembro de la casa fue colocando de forma arbitraria en sus espacios preferidos.

Serafín Rodríguez extendió los brazos a manera de cruz y se dejó acariciar por el sol. Un sol aún amable a esa hora. Disfrutó el instante con todo el placer que su cuerpo le permitió. Eran apenas las siete de la mañana y los empleados de la cafetería de la esquina empezaban a recibir a sus primeros clientes. Serafín se quedó un rato más contemplando la mañana: con ese amarillo casi transparente y ese azul húmedo que trae el viento leve de los inviernos en el Caribe. Terminó de sacudirse la pereza, volvió a estirar los brazos y sus huesos traquearon en el pecho y la espalda. Antes de relajarse, un bostezo, redondo y pesado, barrió las pequeñas reminiscencias que la almohada, como virutas, había dejado por su cuerpo.

Si en ese instante le hubieran advertido que pasaría la noche en un calabozo, sencillamente habría apostado contra el mensajero. O, más cercano: si Fefa, la tía abuela cartomántica, con su sonrisa de niña desdentada, le hubiera vaticinado tres años de enclaustramiento, tres años con todos sus días, con sus noches desérticas y sus minutos duplicados, seguramente la octogenaria pariente se habría convertido en blanco de sus burlas descreídas. Sobre todo hoy, que se sentía tan optimista. Como en aquella ocasión, a los diez años, cuando la Fefa, en tono de tragedia y con los ojos humedecidos, le pronosticó una muerte prematura. Dijo que parecería lejos de la tierra firme, con un manojo de algas raspándole el esófago. Serafín se le rió en la cara.

Siempre que recordaba a la Fefa la veía en blanco y negro: con una larga bata bordada y un pañuelo blanquísimo escondiéndole el cabello, sentada en un rincón de su casucha en la ribera del río, con la mirada perdida y las manos venosas y estrujadas sobando lentamente las barajas.

El cuarto, donde jamás permitió que sacudieran las telarañas, era una mezcla sobrecogedora de símbolos antagónicos: gallinas prietas degolladas en platones de falsa porcelana, de cuya sangre bebían los orishas rumberos de los cultos africanos, cráneos humanos tallados en cocos secos que suministraban los rituales de santería del barrio de las casas de lata, crucifijos católicos que descansaban boca abajo en hurtadas copas de Baccarat, ahogándose en un líquido transparente que desprendía un inconfundible olor a aguardiente de caña. Flores, frutas podridas, velas agonizantes, libros viejos y, sobre todo, neblina. A Serafín le había dado siempre la impresión de que en el cuartucho de la Fefa había neblina. No importaba que fuera verano, que el sol reventara las tejas del vecindario ni que el ahogo sofocara los pechos, en el rincón tortuoso de la anciana siempre hubo neblina. Pero al muchacho no le daba miedo sino risa.

Serafín Rodríguez, que fue descreído desde chico, solía hacerle mofa:

—Fefita, no me asustas, para mí seguirás siendo una versión buena de la bruja de Blancanieves. Cuando necesites quitar tus telarañas, llámame —y sonaba sin pudor su estruendosa carcajada.

A veces era todo lo contrario y el recuerdo de la Fefa, con sus malos augurios, lo ponía de mal humor. Pero no. Esa mañana nadie vino a sabotear su entusiasmo. Por lo menos antes de que llegara *esa gente.*

Serafín era un joven alto, con cara de bonachón. Recién cumplidos los dieciocho empezaba a sufrir los apremios de quienes se la pasan batallando contra el tiempo. Siempre con la sensación de que no le alcanzaría. Como casi todos a su edad, tenía el zurrón de las fantasías repleto de ambiciosos sueños, bocetos de la vida futura, anhelos asfixiantes y esperanzas inacabables. Había abandonado sus estudios formales para iniciar una dudosa carrera de cineasta. Peor aún, para intentar hacer dibujos animados. Los de la casa no se percataron del asunto, estaban demasiado ocupados en sus tareas o en sus ocios cotidianos.

Serafín absorbió todo el aire de la mañana con su ancho bostezo, tuvo la sensación de que sus pulmones eran dos inmensos globos y se sintió feliz de poder llenarlos. Luego fue al cuarto, recogió el maletín donde guardaba los dibujos y regresó a la sala. Llevaba pantalones cortos, el pecho descubierto y el cabello largo y desgreñado. «¿Dónde podré practicar?» Su vista recorrió rápidamente la sala. «Dentro de poco tendré que conseguirme una mesa.» Se decidió por la banqueta del piano: era estrecha pero podría ajustarse. La arrastró hasta el centro y acomodó frente a ella uno de los butacones. Apenas le quedaba espacio. Abrió el maletín y extrajo las hojas. Contempló por un rato el otro portafolio, el amarillo, donde guardaba su guión, el sueño casi imposible de hacer una película. Lo había mezclado con los dibujos para tenerlo presente. Volvió a meter el sobre amarillo, dentro del maletín y lo puso con cuidado bajo el butacón; luego se sentó a dibujar. No era la mano de Rafael, era la de Daumier, un Daumier que cien años después de su muerte aprendía de Disney.

Estuvo horas dibujando, hasta que sintió cansancio y se fue a la cocina a preparar un poco de café. Regresó a la sala con un jarrito humeante en la mano. Encendió el televisor, le quitó el sonido y dejó solamente la imagen. Movió el jarrito para revolver el azúcar, sopló el café con suavidad varias veces, haciendo un círculo con los labios. En el televisor aparecieron las ingeniosas figuras del Gordo y el Flaco. Serafín Rodríguez las observó por un momento y tuvo la extraña impresión de que se habían escapado de la pantalla. Se le antojó que realizaban sus peripecias en la propia sala de la casa, transformando los muebles conocidos en escenarios lejanos y mutables. El Flaco, que fue siempre el más distraído, seguía, diez años después de firmada la paz, escondido en una trinchera, esperando atento la segura incursión del enemigo. Serafín se divirtió con la ocurrente trama y por unos segundos estuvo tentado de avisarle que todo había terminado, que podía retornar a casa y cambiarse de ropa, pero se abstuvo. Nunca fue buen portador de noticias imprevistas y por eso prefirió dejarlo allí, ante la inminente irrealidad del ataque enemigo.

Cuando terminó el café, faltaban apenas unos minutos para que *esa gente*, con su toque inoportuno, llegara a trastrocarle el futuro. Pero en ese preciso momento era un hombre optimista y feliz. Llegar hasta el punto en que se encontraba no había sido fácil. Meditaba sobre lo cruciales que se vuelven ciertas etapas de la vida: puntos geométricos, lugar exacto por donde se cruzan las líneas del destino, las caprichosas coordenadas del pasado y del porvenir. De pronto tuvo la certeza de estar parado sobre uno de esos puntos. Con un poco de esfuerzo podía sentirle los latidos, como a un lunar o a un nudo gordiano conformado por venas palpitantes, nerviosas y rugientes, dispuestas a estallar al menor descuido.

A esa hora ya su casa estaba totalmente rodeada, pero él seguía sin saberlo. Todos los demás dormían su mañana de domingo. La carota de Serafín, a medida que redoblaba esfuerzos con el dibujo, se llenaba de una alegría infantil, ajena a todos los peligros, ruborizada de asombros ante sus propios logros. «Y pensar que hace apenas unas semanas me parecía imposible. Tal vez Raúl tenga razón en eso de que a veces soy hipercrítico. Si pongo de mi parte aparecerán las oportunidades. Tal vez *esta gente* merezca, como dice él, un voto de confianza. Tal vez.»

Levantó la mirada y curioseó detrás de la ventana abierta. Los muchachos del barrio caminaban despreocupados hacia la playa, contándose —o inventándose— las hazañas de la invariable fiesta del sábado. En la cafetería de enfrente, un viejo, arrugado como papel cebolla, anunciaba a chillidos el periódico del día: «¡Cómpralo! ¡Cómpralo! ¡El enemigo a punto de invadir!» A Serafín le pareció que ayer anunciaba lo mismo. Y anteayer también. Y hace tres días, una semana, veinte años. «Mañana será igual», pensó, «y dentro de otros veinte años lo mismo». El lápiz se deslizó con precisión de un extremo a otro del papel, dividiéndolo en dos partes iguales. Volvió a contemplar al vendedor de periódicos y sonrió.

Fue en ese preciso instante cuando tocaron a la puerta. La brusquedad del acto le alteró los nervios. Se levantó indignado del butacón y fue a abrir. «¿Quién coño será? ¡Ni que fuera el dueño de la casa!» Una vez abierto el portón, no tuvo tiempo de comprender. Un hombrecito regordete, con un revólver en la mano izquierda, le mostró lo que al parecer era una orden de registro, tal vez uno de esos carnés que abren todas las puertas. No supo exactamente, pero lo dejó pasar. «¿Qué iba a hacer?» Tras él entró un grupo fuertemente armado, uno de ellos con una cámara fotográfica, todos vestidos de civil. Entonces se desató el caos: dos de los agentes lo retuvieron en la sala y el resto irrumpió en el silencio del pasillo. Despertaron a la familia y los llevaron uno a uno a la sala. Faltaba el padre. «¿Estará detenido?» Casi se le olvida que de madrugada había salido para Pinar del Río a conseguir algo de comer. Este no parecía un registro por asuntos de bolsa negra. A juzgar por la movilización, era algo más grave. Nada que ver con él.

Los agentes fueron directamente a la habitación de Serafín. No salieron de allí. El resto de la casa no parecía interesarles. Lo voltearon todo: los colchones, los libros, las gavetas. Los papeles personales, como ofendidos por las manos intrusas, revoloteaban por el cuarto cual serpentinas absurdas. Un joven negro, de aspecto rudo y robótico (el mismo que Serafín vio en la puerta), retrataba los rincones más incomprensibles; detrás de las puertas, arriba de los escaparates (donde el polvo, emulando al del piano, alcanzaba dos centímetros de espesor), la oscuridad del ropero, la suela de los viejos zapatos deportivos. También retrató los cuadros: el Corazón de Jesús con su marco apagado por el óxido, la imagen veladora de la Caridad del Cobre, el pote con su centenar de monedillas prietas, los vasos de agua bajo la cama, las alas maternales del Ángel de la Guarda. Todo aquello que Serafín mantenía intacto por respeto a las creencias de la abuela. Nada escapó a la nerviosa cámara del negro. Mientras tanto, la habitación fue adquiriendo un aspecto de ciudad devastada. A medida que pasaban las horas, el registro se hacía más minucioso. El gordo de la pistola, el que se identificó a la entrada, agarró el desvencijado camón por una de las patas y lo separó de la pared. Sacó una navaja del bolsillo, desenvainó la hoja y cruzó a navajazos el vientre del colchón. Gastó varios minutos en destriparlo, hasta convencerse de que no escondía ningún secreto. Luego se viró hacia el canapé que descansaba contra la pared lateral y repitió la operación.

Serafín Rodríguez había quedado lapidificado en el butacón de la sala, escoltado por dos vigilantes. Alzó la vista y se tropezó con la expresión azorada de la madre. Estaba despeinada, en bata de casa, todavía aturdida por el inesperado despertar. La miró con atención y la encontró más arrugada que nunca, con los ojos llenos de legañas. Junto al teléfono estaba la abuela, con la mano izquierda fuertemente aferrada al brazo del sofá. No le vio la cara porque sólo la mano, agarrándose a la madera, parecía tener vida en ese minuto. Siguió observando y tuvo lástima de la tía: hecha un manojo de nervios en el butacón de enfrente, encogida, arañando el cascarón del piano, temblorosa, asustada como siempre.

«¡Qué viejos están todos! ¡Parecen haberse pasado la vida esperando este día!» Serafín se abstrajo por un rato y descubrió que ellos no eran ellos, sino elementos visuales de un cuadro de Chirico. Inmóviles, sin rostros, tremendamente metafísicos. Serafín recordó que esa noche tenía una cita con Carla. Se habían peleado a causa de «la otra» y él se sentía obligado a dar más de una explicación.

De pronto la tía deshizo el silencio.

—¿Les gustaría un poco de café?

Tiró la pregunta directamente a los vigilantes, pero el amago de hospitalidad resultó anacrónico. Su voz temblaba tanto como sus manos. No le respondieron. Entonces, como despertándose al fin, la madre se aventuró a hablar.

—¿Qué buscan? ¿Qué hacen allá en el cuarto de mi hijo? ¿Por qué tanto alboroto? —y remató—: ¡En esta casa somos gente decente!

Cuando se puso de pie, su hermana le suplicó:

—¡Emilia, por lo que más quieras, siéntate!

El joven miró a su tía y a su madre y pensó con ironía: «¿Decencia? Qué inusual palabra».

La madre volvió a protestar.

—¡Señora! —la voz salió del fondo de la casa—, ¡deje de hacer preguntas impertinentes! ¡Si desea saber qué estamos haciendo la autorizo a venir al cuarto! ¡Pero usted y nadie más! De todas formas ya terminamos.

La madre se levantó y caminó decidida hacia el fondo. «¡Esto es el colmo! ¡Que tenga que recibir autorización para andar dentro de mi propia casa!»

Desde la sala se podía escuchar. Primero fue una protesta leve, algo temerosa, luego subió de tono, alterando la sintaxis, devorando las palabras, ascendiendo como lava, hasta que explotó y la fuerza de su rebeldía se hizo incontenible, como un huracán. Serafín se levantó bruscamente. Los vigilantes de la sala desenvainaron sus armas. Ahora la madre exigía, reclamaba, y seguramente los allanadores estaban desconcertados porque su silencio así lo indicaba. La tía, al borde del colapso, temió que empezaran a repartir golpes.

—¡Los colchones! ¡Miren lo que han hecho con los colchones!

Serafín recordó que hacía apenas unas semanas habían invertido todos los ahorros en reparar esos colchones. Sintió rabia. Una indignación primitiva y nueva para él. Intentó salir en auxilio de su madre, pero dos bocas de cañón lo detuvieron.

—¡Mamá! —lanzó el grito como si fuera una pedrada: seco y duro. Las dos bocas de metal, mirándolo de frente, lo obligaron a sentarse otra vez.

Los reclamos de la madre se hicieron más distantes, apagándose poco a poco. No obstante, siguió hablándoles, más calmada, pero sin poder ocultar el desprecio que sentía por los invasores. Ahora se quejaba del maltrato a los libros, de la intromisión en los papeles personales.

La viva reacción materna había sorprendido a Serafín. Sus sentidos, petrificados durante horas, despertaron de una vez. «¿Ya terminaron? ¿Cuánto tiempo ha pasado? Es casi de noche. ¿Cómo es posible que hayamos permanecido tanto rato callados, con la mente en blanco? Sí, sí, eso era, todos estábamos con la mente en blanco. Somos unos cobardes. Yo soy un cobarde. ¿A qué le temo? No he hecho nada. No hemos hecho nada. ¿Por qué nos hacen esto?» Trató de ordenar sus ideas, pero éstas, aceleradas, se atropellaban unas a otras. La madre, ahora con serena dignidad, seguía protestando en el fondo. Los allanadores trataban de consolarla en un tono sospechosamente afable. «Y ¿a qué viene esa amabilidad? Seguro no han encontrado nada. ¿Nada? Pero, ¿qué coño buscan? ¿Cómo es posible que no tenga respuesta a esa pregunta? Esto parece una broma de mal gusto.» Allá en el fondo, nuevamente enardecida, la madre volvía a reprochar el asalto a lo que, le explicaron los interventores, eran viejos conceptos.

—Señora... Emilia se llama usted, ¿verdad?... Eso de «sagrada intimidad del hogar» no es más que una trampa pequeñoburguesa. Póngase al día, señora.

La tía temblaba inconteniblemente en el butacón. Serafín se pasó la mano derecha por la frente sudorosa y con la izquierda, en un movimiento involuntario, trató de asir el maletín bajo sus pies. La mano se cerró en el vacío y Serafín se volteó. «¡El maletín! ¡El sobre amarillo! ¡Libros, papeles, registro! ¿Qué buscan?... El guión... su guión, ¡claro!, el guión. Tiene que ser eso y si no, ¿qué? Pero ahí no hay nada malo. De todos modos, algo andan buscando. El guión está dentro del maletín, junto a los otros dibujos, en el sobre amarillo, por eso no han encontrado nada.» Se puso muy tenso. El anuncio de que el registro había terminado devolvía la calma a la familia: la tía casi dejaba de temblar y la abuela, desprendiéndose del brazo del sofá, recuperaba los rosados del cutis. Pero él, cada vez más tenso, quería comprobar si la pequeña valija aún se hallaba bajo su asiento. Temía delatarse con un gesto indiscreto; no la veía, pero sabía que allí reposaba; la había colocado bajo sus pies en la mañana. Lo hizo para poder alcanzarla sin necesidad de levantarse. Trató de sonreír. Estaba convencido de que no había nada malo en su guión, era sólo un proyecto, un poco crítico de la situación, sí, pero nada más. Algunos diálogos picantes, dos o tres personajes demasiado reales, pero no más. De todos modos, si eso era lo que buscaban, prefería que no lo encontraran. Por si acaso. «Algo raro hay en todo esto», se dijo.

Los allanadores regresaron a la sala. El voluminoso jefe, sudoroso y despeinado, caminaba atrás, tratando de consolar a la madre por la pérdida de sus colchones. El ambiente se hizo casi familiar y hasta aceptaron la invitación a café de la tía; a todas éstas, ellos tampoco habían bebido ni comido nada. Explicaron que no proseguían porque traían órdenes de inspeccionar solamente la habitación del muchacho. A la abuela le asombró la estrechez del tecnicismo. Aunque no explicaron qué buscaban, se comportaron con amabilidad; hasta pidieron permiso para usar el teléfono.

—Está bien. Nos comunican que no hay necesidad de que nos acompañes hoy —le dijo el gordinflón amigablemente a Serafín.

—Mañana preséntate a las trece horas en nuestras oficinas y allí conversaremos con más calma —le extendió un pequeño papel con una dirección y le dio unos golpecitos cariñosos en el hombro. Serafín trató de ofrecer el más despreocupado de los aspectos.

Entonces el negro de la cámara se acercó a la banqueta del piano y contempló los dibujos.

—¿Eres pintor?

—No. Soy dibujante.

—Y ¿no es lo mismo? —preguntó, intrigado, el fotógrafo.

—No. No es lo mismo.

Serafín respondía a la vez que con las piernas apretadas trataba de esconder el maletín.

El mofletudo jefe sonrió, miró al fondo de la casa desconsoladamente, como quien ha perdido muchas horas en vano y ordenó la retirada. Ya estaban casi todos en el portal cuando apareció la tía con el café. Serafín maldijo la idea. Sintió que las orejas se le congelaban.

—¡Ah, qué bien! ¡Café para todos! —dijo el obeso y nalgudo allanador mientras tomaba una de las tacitas que le ofrecía la tía.

—Todos estamos agotados, espero nos disculpen, son cosas que pasan —lo dijo y depositó sus voluminosas nalgas en el sofá. La taza parecía una miniatura entre sus dedos rollizos, inflados como salchichas, pequeños y resbalosos. La camisa, empapada en sudor, se pegaba al vientre atocinado. Serafín pensó en Porky.

—Así que dibujos animados. Y ¿qué hay en ese maletín?

—¿Cuál maletín? —trató de disimular lo mejor que pudo—. ¡Ah!, ¿éste?... dibujos... dibujos para el trabajo —estaba perdido, maldijo nuevamente la mala idea del café, le parecía increíble lo que estaba sucediendo.

—A ver, alcánzamelo ahí —ordenó el gordo.

Serafín extendió el brazo, lo introdujo bajo el asiento y apretó con fuerza las asas. Todas las miradas estaban clavadas en el inoportuno bolso de cuero. El joven tomó una resolución audaz: se puso de pie y se acercó al gendarme.

—Tome; si le gusta alguno, se lo regalo.

El gordinflón asintió pesadamente con su cabezota de viejo paquidermo, colocó el maletín sobre los dos jamones de sus piernas y terminó de sorber el último buchito de café. Sólo entonces empezó a revisar.

Sacó uno a uno los dibujos, con estudiada paciencia: cada movimiento en *tempo lento*, como en el clímax de las películas de horror, despacito, como todos los que se juegan su última carta. La abuela tuvo la impresión de que en verdad buscaba uno que le gustara para llevárselo a sus hijos.

—Y ¿esto qué es? —levantó en el aire, con gesto antiséptico, el sobre amarillo.

—Eso... es un guión.

—¿Un guión?

—Sí, para una película.

—Un guión. Y ¿quién lo escribió? ¿Usted mismo? —más que a pregunta sonó a irónico reproche.

—Bueno, realmente... aún no está escrito; nada más es una idea muy general... como bocetos.

No se molestó en revisar el interior del sobre. Hizo un ademán con la cabeza y ordenó a Serafín Rodríguez que lo siguiera. Se levantó y salió al portal. Atrás, escoltando al detenido, se apresuró el resto de la comitiva.

Esta vez los reclamos de la madre no sirvieron de nada. El muchacho fue lanzado dentro de uno de los automóviles que rodeaban la casa y, en un abrir y cerrar de ojos, la caravana desapareció calle arriba.

El sol empezó a ocultarse con disimulo detrás de los edificios que, como feas montañas, se erguían frente a la casa. Los curiosos, que precavidamente habían mantenido la distancia, comenzaron a dispersarse.

En el portal, temblorosas, indignadas y confundidas quedaron la tía, la abuela y la madre de Serafín. Sin embargo, él no iba pensando en ellas, sino en Carla otra vez, con la que, no olvidaba, tenía esa noche una importante cita.

En la esquina había un borracho. Recostado contra la pared del edificio se esforzaba en continuar la zigzagueante marcha, pero las piernas no respondían las órdenes de su cerebro embotado; en franca rebeldía se negaban a dar un paso más. Cada vez que alguien pasaba por delante, ensayaba una sonrisa bobalicona que, él creía, disimulaba su condición cuando en verdad la acentuaba. Una llovizna pasajera vino a refrescarlo y un perro ladrador puso en guardia sus sentidos. Sin embargo, las piernas seguían sin responderle. Así que se resignó a permanecer allí largo rato.

Un adolescente cruzó frente a él y lo saludó. El borracho trató de devolver la cortesía, pero la lengua se le enredó. Persiguió al muchacho con la vista: éste caminaba con la cabeza gacha, sin levantar la mirada del piso, observando sólo el aparecer y desaparecer de sus zapatos. Era evidente, pero estaba demasiado ebrio para darse cuenta de que a aquel joven le pasaba algo grave.

En el reflejo de los ojos vidriosos del curda la silueta del adolescente se fue achicando, hasta volverse un punto negro que bailaba en las pupilas. Se frotó los ojos con los nudillos de la mano derecha para tratar de retirar esa molesta basurilla de su vista, pero la silueta, en vez de diluirse, volvió a crecer poco a poco.

El joven saludó al borracho como si fuera la primera vez. Con el mismo gesto mecánico de la ocasión anterior.

—¡Buenos días!

Y siguió caminando sin percatarse de que su cortesía no era correspondida. Iba ensimismado. Divorciado del entorno. Tratando de ordenar un rompecabezas dificilísimo; poniendo y quitando las mil piezas que, aun colocándolas en distintas posiciones, formaban la misma figura. «A mi imagen y semejanza», se decía con disgusto.

«Lo eché pa'lante... pero fue por su bien. ¡No es fácil! Él es mi amigo y a la larga yo sé que... bueno, depende. En cierto modo lo estoy ayudando, le estoy evitando males mayores. ¡Claro! Tendrá que darse cuenta. Habría acabado peor... ¡y que no piense que fue así como así! ¡Trabajo que me costó! ¡Mil vueltas que le di! ¡Semanas en eso! Pero ¿cómo coño le explico? No tenía otra salida... sí, sí, y luego dirán que soy esto, que soy lo otro, que en realidad fue por Carla o por envidia o por lo que les dé la gana inventarse. ¡Por supuesto! Al final todo el mundo se inventará un cuento: "Yo sabía", "A mí no me engañó nunca". Porque pa'hablar mierda... bueno, mejor no me doy cuerda. ¡Lo hice y punto! ¡Hice lo que tenía que hacer! Mejor es ir de frente... aunque la verdad es que pude haberle hablado. Sí, pero yo también estaba presionado, él tendrá que entenderlo, la señora Emilia tendrá que entenderlo igual. ¡No pude hacer nada! Después me iban a echar con que era cómplice, o flojo... ¡Y seguro que me quitaban el carné! ¡Qué jodienda! Al final alguien le va a ir con el chisme; mejor que se enteren por mi propia boca... le van a decir y va a ser peor. ¡Coño, te juro que yo... lo que quería... era ayudarte, mi hermano! ¿Quién iba a imaginar que la cosa se iba a complicar así? ¡De madre!... Pero la verdad es que... pude advertirlo. ¡Pero no! ¡Entonces el que iba a salir jodido era yo! Por cualquier lado... porque con él no hay arreglo... no hay quien discuta, se lo coge todo muy a pecho, se toma las cosas... personal... no le gusta perder, y además todo lo dice... ¡porque le encanta hacerse el bárbaro! Por eso no había modo, mi hermano... fíjate que lo que nunca me pasó por la cabeza fue que las cosas llegaran a este punto... yo pensé que te iban a llamar, que te iban a hacer pasar un susto, ¡qué buena falta te hacía por bocón, eh! ¡Un susto y ya! Pero esto... esto es más de lo que me dijeron... ¿Estará metido en algo gordo? A lo mejor... na'... en fin, ellos sabrán. Mi problema ahora es si debo o no tocar a esa cabrona puerta. Si me conviene o no contarle todo a la madre. A lo mejor me entienden o a lo mejor me mandan al carajo.»

El borracho lo había visto ir y venir tantas veces que ya ni se molestaba en intentar saludarlo. En ese tiempo su mente se había aclarado lo suficiente para darse cuenta de que aquel joven buscaba algo en la casa de la esquina. Lo había visto varias veces subir y bajar la cuadra, cruzar la calle, abrir la reja del jardín, pararse frente a la puerta, mirar hacia los lados y, en un arrepentimiento final, marcharse.

Ya la cabeza no le pesaba tanto. Podía ver con más claridad y casi sostenerse sin apoyo. Las piernas, menos entumidas, obedecían mejor. Con un poquito de esfuerzo caminaría hasta su edificio. Se disponía a hacerlo cuando apareció de nuevo el adolescente. Se quedó por pura curiosidad.

Ahora sí: era Raúl, el hijo del de la farmacia, el que siempre andaba con ese otro que se llevaron hace unos días. «Esa es la casa, claro». El borracho comprendió. Vio a Raúl detenerse de nuevo frente a la reja.

«No va a entrar», apostó.

El joven franqueó la reja.

«No va a tocar», volvió a apostar.

Raúl Pérez miró sigilosamente hacia todas partes, alzó la mano y tocó a la puerta.

El borracho se dijo: «¡Perdí! Hay que ser valiente para visitar a plena luz del día la casa de alguien que ha caído en desgracia». Trató de salir caminando, pero las piernas habían vuelto a la misma insubordinación del principio. Tendría que seguir allí otro rato. Ver, aunque no quisiera, lo que iba a pasar ahora.

Serafín estaba rodeado. A pesar de estar solo, se sentía rodeado. Varias voces se agitaban a su alrededor. Le proferían insultos en todos los tonos posibles, haciéndole reclamos, preguntas, acusaciones. A menudo, por sobre el coro, cierta voz actuaba de solista, se alzaba estridente unas veces, amenazante o quejumbrosa otras.

Al principio creyó que se trataba de una estratagema electrónica, cierta forma modernísima de tortura psíquica, y se lanzó a buscar las bocinas ocultas en las paredes, el techo o el piso. Estaba casi convencido de que husmeando encontraría la trampa, cuando una de las voces se le acercó al oído y le susurró: «Estamos aquí por culpa tuya».

Sintió el aliento en la oreja: tibio vaho de dentadura cariada de la que incluso percibió el olor. No se trataba de una ilusión o de un truco, sino de algo que pudo sentir con claridad, que rozó su piel como sucede cuando ha habido un contacto físico real. Se pasó la mano por la oreja y sus dedos tropezaron con varias gotas de saliva. El coro calló de repente. Serafín tembló. Sintió frío.

Entonces escuchó un grito.

—¡Ocho catorce! —en esta ocasión la voz provenía de afuera—. ¡Prepárese!

Serafín no contestó. Se quedó sentado en la litera de metal con los ojos muy abiertos, las manos crispadas y el cuerpo bañado por un sudor gélido. Durante los tres primeros días había estado ansioso, deseoso de ser llamado, dispuesto a dar todo tipo de explicaciones en vez de pedirlas, sabiendo que debía justificarse y, en definitiva, listo a hacer y decir lo que fuera necesario para salir de allí. Pero ahora, llegado el momento, pensó que no valía la pena, que desde el primer día, desde el primer instante, su condición había quedado claramente establecida. Lo recordó.

—Este es su nuevo nombre —y le extendieron un pequeño trozo de cartón numerado—: 216-814.

En aquel momento tuvo, incluso, espíritu para ponerse a meditar, para concluir que la situación era ridícula, que se parecía demasiado a otras historias harto conocidas. Creyó estar viviendo una parodia de su propio drama. Nada nuevo: repetición de un viejo cuento, personaje gastado y fatal, estereotipo de la víctima, fantasma cansado de un cansado fantasma. Mala semilla para la poesía.

Le tomaron las huellas digitales, lo retrataron de frente y de perfil, lo mandaron a quitarse la ropa y le entregaron un uniforme desteñido, de una sola pieza, sin mangas y de una talla mucho más pequeña que la suya. En las primeras horas Serafín no dejó de mirar el diminuto trozo de cartón con el número: boleto de la mala suerte, premio inoportuno de una lotería que estaba seguro de no haber deseado sacarse. ¡Maldito número! Empezó a repetirlo mecánicamente, en silencio; después lo leyó al revés, invirtiendo las cifras, luego alterándolas de forma arbitraria. Cuando ya lo sabía de memoria, le puso música: comenzó a solfearlo; jugó con la idea de escribir una canción sin letra, con un texto compuesto exclusivamente de números. Tal vez una ópera, o la gran, la inédita sinfonía numerológica... pero eso fue en las primeras horas; después no pudo continuar con aquel ejercicio evasivo.

Entonces se obsesionó con el tiempo. Pero en aquel ambiente resultaba imposible distinguir el día de la noche. Cuando le trajeron el desayuno —leche aguada y un pan viejo— se sorprendió porque según su cuenta eran aproximadamente las dos de la tarde. El almuerzo —una harina con gusanillos que no se atrevió a probar— se lo echaron, para desquicio de sus cálculos, apenas una hora después. No tenía modo de mirar afuera porque nunca abrían el portón, sino que introducían una bandeja de aluminio a través del boquete que había a ras de piso y por el que apenas se colaba un resplandor tenue.

Para la cena le pareció que transcurría la eternidad. Trató de tomarse aquella sopa desabrida pero los nervios le obstruían la garganta. Se quedó dormido y al despertar ya había perdido completamente la noción del tiempo. Poco después fueron apareciendo las voces y no cesaron hasta unos segundos antes de que lo llamaran de afuera.

—¡Ocho catorce!

El portón de hierro se abrió. El chorro de luz arañó las pupilas de Serafín obligándolas a contraerse. Salió al pasillo y allí lo empujaron contra la pared. No quiso darse por enterado, nada ganaría. Era presumible que lo estaban llevando a un lugar donde podría explicarse mejor. A fin de cuentas, se había pasado la vida dando explicaciones.

—¡Alumno!, ¿por qué lleva usted el pelo así?

—No he tenido tiempo, profesor.

—¡Compañero!, ¿por qué no vino ayer?

—Estaba enfermo, jefe.

—¡Soldado!, ¿por qué no repitió la consigna?

—Me duele la garganta, mi teniente.

—¿Por qué precisamente con la Flaca?

—Yo te juro que...

—¡Ocho catorce!, ¿por qué escribió esto?

No supo qué decir. El portafolio amarillo colgaba de los dedos del oficial, el brazo en alto, con el mismo gesto antiséptico que le vio al gordo del registro. Trató de justificarse. Supo que se alzaba el telón.

—Esos escritos no son reales.

—¿Ah, no? ¿Los inventamos nosotros?
—Quiero decir, que pertenecen a una historia ficticia.
—¿Ficticia?
—Sí, producto de mi imaginación.
—Peligrosa imaginación la suya.
—No soy el que habla ahí. Son los personajes.
—Mire, joven, no nos gustan las bromas.
—Hablo en serio. Es como en el teatro. Si un actor interpreta a Nerón, por ejemplo, no significa que lo sea. No pueden detenerlo y acusarlo de quemar la ciudad.
—¡Déjese de hablar boberías!
—¡Tiene que creerme!
El hombre se pasó la mano izquierda por la barbilla, se reclinó en el asiento y sonrió.
—No podemos creerte. Vivimos tiempos difíciles —se volvió a pasar los dedos por la barbilla, observó al muchacho con un gesto entre el aburrimiento y el desprecio y pulsó un botón rojo que sobresalía en la pared—. Ahora te van a llevar de vuelta a tu lugar.
«¿Mi lugar? Éste no es mi lugar.» Serafín se revolcaba en la litera, daba vueltas sin encontrar manera de conciliar el sueño. «Qué extraño me siento, es como si fuera mentira... A veces me parece que puedo, sin ninguna dificultad, salir a la calle, que nada en verdad me lo impide... ¿Qué estará haciendo ella ahora? ¡Qué mala pata la mía! ¿Qué habrá pensado? ¿Qué habrán dicho los demás?... ¿Pero quién habrá sido el hijo de puta? Hoy es... ¿cuántos días han pasado?»
Otras dos volteretas y pensó que lo más desmoralizante era la certeza de que allá afuera la vida continuaba, continuaría como siempre, como si nada. Que en ese mismo minuto había gente bailando, riendo, haciendo el amor, desesperándose por pequeñeces. ¡Cómo si él no estuviera allí, padeciendo y tratando de salvarse!
Serafín sufrió con la idea de que su ausencia no se notaría, de que su presencia no hacía falta, de que nunca hizo

falta. Y lo peor es que ahora poseía la prueba definitiva de que siempre sobró: al mundo le iba bien sin él. ¿Cuántos habrán siquiera notado su desaparición? ¡Porque aquí la gente desaparece y nadie parece darse cuenta! «¡Nuestras madres no tienen una Plaza de Mayo para gritar su dolor!» Por eso nada trascendental iba a ocurrir. Tal vez una pregunta, un poco de asombro, alguien sentiría lástima, otro haría un chiste; las murmuraciones se irían acallando hasta que en breve no se tocaría el caso. Otros, los más cercanos, te echarán de menos al principio, pero luego se acostumbrarán. Al final serás apenas una advertencia para los descuidados y un ejemplo que frenará a los atrevidos. Nada más. Un punto fácil de borrar. Y por aquel espacio, por aquel pedazo de existencia que creías tuyo, ya andará otro, otro cualquiera, con tu misma prisa, con idéntico orgullo y similar ignorancia: ajeno a su vulnerabilidad, a la realidad de que él tampoco es imprescindible.

Serafín volvió a sentir que las voces lo llamaban. Pasaron varios minutos antes de que se atreviera, tímidamente, a contestar.

—¿Qué quieren de mí?

—Que nos saques de aquí.

—¿Quienes son ustedes?

—Tú nos conoces mejor que nadie. Tú nos creaste.

¡Sintió la voz tan cerca!, ¡tan clara!, ¡tan humana!, que por un momento sospechó de que era alguien desde afuera atraído por su conversación. Un guardia burlón del otro lado de la puerta.

—Somos los personajes de tu película. Repitió la voz con sarcasmo —Serafín no sabía si reírse o llorar—. Estamos aquí por culpa tuya.

Era la segunda vez que escuchaba esa acusación.

—¿Están aquí?

Trató de serenarse, de meditar con frialdad sobre lo que le estaba ocurriendo, de ahuyentar cualquier sentimiento supersticioso. Lo intentó. «¡Pero la voz era tan humana! ¡Dejaba tal sensación de estar ahí de verdad!»

Aguzó el oído para poder descubrir algún matiz que revelara el truco, la mefistofélica terapia a que se sentía sometido.

Se acomodó en la litera, cruzó los pies y los brazos, echó la cabeza hacia atrás y resopló varias veces. Se dispuso a pelear, a no dejarse vencer, a imponerse a cualquier intento de hacerle perder la razón. Necesitaba ser fuerte, recuperar los ánimos. Se dijo: «Eres fuerte, Serafín; eres más duro que las circunstancias». Pero cuando la voz habló de nuevo, él se derrumbó de miedo y de resignación. Dio la batalla por perdida porque supo que aquella voz no provenía de ninguna bocina oculta ni de ninguna dimensión desconocida. Aquella voz, como todas las demás que lo mortificaban, vivía dentro de su propia cabeza. O le hablaba o se volvía loco.

—¿De qué soy culpable? —preguntó cautelosamente.

—De habernos creado —contestó una de las voces con aplastante seguridad.

—Yo no he creado a nadie.

—Y ¿nosotros?

—Quiero decir, no hay en mis papeles una sola descripción... ni el más mínimo rasgo físico, ni un solo nombre.

—Sí, somos nada más que voces. No tienes manera de comprobar nuestra existencia.

Serafín captó el mensaje.

—¡Pero ustedes existen!

—Nada más en tu cabeza.

—Es mi palabra contra la de ellos.

—Y contra la nuestra también.

—La de ustedes no cuenta.

—Es la que te tiene metido en este lugar. La que *nos* tiene metidos en este lugar.

—¡Es mi palabra contra la de ellos! —repitió Serafín.

—Todo lo contrario. Es la palabra de ellos contra la tuya. No olvides que ellos son *la palabra*.

—¿Volvió la Inquisición?

—Nunca se fue.

—¿No?

—¡No te hagas el bobo! Entiéndelo. Tú no eres nadie, no eres nada. Mientras no lo aceptes estarás jodido. ¿Ser o no ser? Esa pregunta está prohibida. Hamlet es otro agente de la CIA. ¡Aquí hay que estar definido! ¡Hay que estar clarito! ¡Tú dejas demasiadas preguntas en el aire! *Esa es la cuestión.*

Del diálogo, la voces pasaron a las increpaciones. Empezaron a sacarse trapos sucios. Así que cada una, para salir del aprieto, terminó por señalar a Serafín como la peor de las personas y por exigirle a gritos que las sacara de allí. Cuando la más influyente de las voces callaba, un coro amorfo comenzaba a bramar, a repetir consignas o a gritar vivas y mueras. A Serafín el fastidio inicial se le fue volviendo miedo y luego terror absoluto. El vocerío subió de tono, convirtiéndose en un remolino acústico que le taladraba los tímpanos. Al chocar unas con otras, las voces se transformaban en múltiples ecos, polvo de palabras, ruido incomprensible.

Ahora estaba de pie, tratando de atrapar con las manos alguna de aquellas voces que zumbaban como insectos: con la misma insistencia mortificante y pertinaz.

El torbellino se fue apretando, acercando al epicentro, volviéndose un sonido cada vez más agudo, como el de una sirena que pide paso a toda costa, como un aullido de emergencia; cada vez más agudo, más y más, haciéndose un hilo fino, muy fino, insistentemente delgado, a punto de quebrarse o de quebrarlo a él.

Mientras más se tapaba con ambas manos los oídos, como si fuera una versión viviente del cuadro de Munch, más penetrante se hacía la señal. Parecía venir de todas partes a la vez: del techo, del piso, de su propia cabeza que estaba a punto de estallar. Lo único que le quedaba era golpearse contra la pared o gritar más alto que nadie, emitir el más bestial de los aullidos. Lanzar un alarido sobrehumano.

—¡Cállense, cojoooooneees!

Silencio.

Se hizo repentinamente el silencio. Algo se quebró en el aire y una llovizna de monosílabos se fue diluyendo en el reducido espacio de la celda.

Raúl Pérez miró sigilosamente hacia todas partes, alzó la mano derecha y tocó a la puerta. Escuchó unos pasos acercarse dentro de la casa. El corazón le comenzó a latir con rapidez. Vio una silueta escudriñando detrás de la ventana.

—Un momento.

Reconoció la voz temblorosa de la tía.

«Siempre han sido así, misteriosos», pensó. «Ahora estarán peor que nunca. ¡Con ese mal rato! …¿Qué les digo? Lo mejor es… hacer como si nada.»

Volvió a mirar hacia los lados. Se estaban demorando en abrir.

«En el fondo… no sé. Nunca lo he tenido bien claro…»

A Raúl no le quedó más remedio que recordar. Y lo primero que le vino a la mente fue aquel día en que Serafín se apareció en la clase con todas aquellas fotos viejas: eran increíbles. Allí, junto a los de su familia, notablemente más jóvenes, bien afeitados, estaban los que ahora son alguien. Sacó de un sobre un montón de periódicos y revistas amarillentas, brazaletes y hasta cartas personales. El profesor mostró los documentos ante la envidia general. Serafín reventaba de orgullo. Al final, hubo aplausos. Desde ese día Raúl se hizo su amigo. Lo acompañó esa misma tarde hasta la casa y fue testigo de un hecho incomprensible: el tremendo regaño que le propinaron cuando los padres descubrieron en su mano el sobre con los documentos. Pero él se dio cuenta de que Serafín asumía el castigo con una mal disimulada alegría. Tenía lógica, porque a partir de entonces hizo con los profesores lo que le vino en gana.

Pero Raulito era un niño y no sabía administrar sus emociones. Aquella tosca admiración se fue convirtiendo en envidia. Era una de esas etapas que recordaba con vergüenza. Llegó a su casa y sometió a los viejos a un extraño interrogatorio, pero se sintió frustrado al no poder encontrar la más mínima prueba de linaje heroico.

A la salida de la escuela y sin motivo aparente, se enredó a golpes con Serafín. Le rompió la nariz. Estuvieron un curso completo sin hablarse. Sólo recuperó su amistad cuando recuperó la autoestima. A su padre le habían otorgado el más codiciado de todos los carnés e incluso salió en la televisión, recibiéndolo de la propia mano de aquél en cuyo honor su hijo más pequeño llevaba el nombre. Al mayor le tocó el más importante de los patronímicos del momento. El mismo Raúl estuvo a punto de ser nombrado de otro modo. Su padre andaba con una lista de mártires modernos, pero su madre se opuso a que llevara la denominación de un muerto tan reciente. Muchos de su generación llevan esos rótulos inconfundibles. Por eso le parecía extraño que el otro se llamara Serafín. Durante mucho tiempo no supo qué significaba el nombrecito, pero lo notaba algo raro, pasado de moda, poco heroico, como una obscenidad en tiempos de epopeya. Un nombre ridículo en medio del santoral bélico al uso. Con los años llegó a creer que había algo de burla y provocación en aquel nombre y que al final quienes quedaban en ridículo eran los que estaban obligados a pronunciarlo. Era mencionar al querubín en el Infierno. Probablemente la lógica andaba por ahí. Burladores burlados.

Al día siguiente de haber salido su padre por la televisión, el director de la escuela lo felicitó delante de todos. Mientras entonaban el himno se le salieron las lágrimas. A la hora de la merienda fue adonde Serafín y le ofreció un abrazo de reconciliación.

—Felicidades —le dijo el otro al oído.

Raúl Pérez llevaba ya un rato frente a la puerta. «Me deben haber visto; tengo que andar con pies de plomo.» Pero lo cierto es que temía más al encuentro con la familia que a los fisgones del barrio. Estaba dispuesto a marcharse, «a dejarlo para otro día», cuando la puerta se entreabrió.

—Pasa —susurró la tía, dejando apenas espacio para una persona—. Espera aquí —y señaló el sofá.

Raúl se quedó en la sala. Las ventanas estaban cerradas y las luces apagadas. El lugar tenía un aire lúgubre, un tanto medieval. Se fijó en los muebles, en el piano señorial, en los cuadros con sus marcos barrocos, y vio que a pesar del deterioro cada detalle resultaba provocativamente aristocrático, como si allí nadie se hubiera enterado del gran vuelco de los últimos dieciocho años, ni de que ciertos gustos y maneras eran muy mal vistos ahora.

Pero lo que más le llamó la atención fue aquel Cristo, nada disimulado, diferente a todos los que él había visto: sin aura ni iluminación celestial. Un Cristo de melena rockera y ojos soñadores, nada parecido a esos otros cuya mirada admonitoria te persigue aunque cambies de lugar. Su madre tuvo uno, pero no en la sala, a la vista pública, sino atrás, escondido en el cuarto. Un Corazón de Jesús barato que su padre arrancó de la pared y botó a la basura el mismo día que salió por la televisión.

—¡Si alguien ve esto me perjudica!

La mamá rezó entre lágrimas:

—¡Qué Dios nos perdone! —y se persignó por última vez delante de alguien.

Una vez Raúl le preguntó a Serafín por aquel desafiante Cristo de su sala.

—Es una obra de arte. Un original, ¿sabes?

La respuesta no lo convenció.

—Hola, Raulito. Gracias por venir… hasta ahora nadie más…

El saludo de la señora Emilia lo sorprendió. Ni siquiera había escuchado sus pasos. Le costó trabajo mirarla de frente. Se veía agotada. Tenía unas grandes ojeras.

—Te lo agradecemos, pero debes tener cuidado, visitarnos ahora… te pueden señalar.

—No se preocupe, señora, he tenido cuidado.

No era eso lo que iba a decir. Esa frase resultaba absurda, de carácter conspirativo, o de complicidad.

—De nada vale cuidarse, muchacho. Hay chivatos en todas las esquinas. Estamos peor que antes —respondió la madre con pesimismo y ternura a la vez.

Raúl sintió que un corrientazo le sacudía la espalda. Se creyó aludido. «Me parece que sospecha… o sabe algo… ¡Na'! Pero bueno, a lo mejor se lo han dicho… nadie sabe si todavía tiene algún contacto.»

—Yo sólo quiero saber si necesitan algo…

Sus propias palabras volvieron a sorprenderlo. Estaba confundido.

—Mira, Raulito —habló la madre de nuevo—, ni siquiera me han dicho adónde se lo llevaron, de qué se le acusa, cuánto tiempo…¡Lo que me gustaría saber es quién le quiso hacer daño!

Raúl sintió que la cara se le ponía roja y que se le enfriaban las manos.

—Mire, las cosas no son siempre lo que parecen, usted sabe que yo he sido un buen… amigo de su hijo…

—Sí, yo sé, yo sé, no tienes que darme explicaciones.

—Nada más he querido ayudarlo, incluso protegerlo —se apresuró a puntualizar Raúl—, por eso estoy aquí —y armándose de valor—: vine a decirle que…

—No hace falta, hijo —lo interrumpió la señora—, has sido el único… los demás nos han abandonado, somos unos leprosos. Yo sé lo que nos espera. Por eso te lo agradezco.

—No es en ese sentido que tiene que agradecerme. Las cosas podrían haber salido peor. La verdad es que yo vine hasta aquí para decirle y espero que me comprenda…

—Te comprendo, muchacho —volvió a interrumpirlo—, te comprendo; pero no te arriesgues más.

—No diga eso, señora Emilia, que me confunde, yo quiero…

—Y quiero que sepas que lo aprecio —interrumpió la madre, clavándole una mirada que él no pudo sostener—, ¡lo apreciamos! Mi hijo sabrá que tú eres su único amigo, el que no olvidó venir en los momentos difíciles, el único que no lo ha traicionado.

Raúl bajó la vista y permaneció callado, sin saber qué actitud tomar o qué decir, enredado en aquel diálogo equívoco que la sinceridad de la madre ponía a cada rato al borde del abismo. Se sintió como un ser vil, una rata diminuta incapaz de crecerse y decirle la verdad a aquella mujer ojerosa que se erguía ante él.

—¡Tengo ganas de reventar! —siguió la madre; hablando ahora para sí, elevando, como en una plegaria, los brazos y la mirada al techo—. ¡Tengo deseos de explotar! ¡Pararme en medio de la calle y soltarlo todo! ¡Decir la verdad! ¡Sencillamente la verdad! ¡Sería tan bueno! ¡Sería tan fácil!

—¡Señora, cálmese, por favor!

—¡Bastante calma he tenido ya! ¡Bastante paciencia la de todos estos años!

—¡Señora, mire que la pueden oír!

—¡Qué me oigan! ¡Qué me oigan, aunque no quieran! ¡Alguien les tiene que decir que son unos puercos!

—¡Señora, por favor, que me compromete!

No debió decir eso. Era una muestra de debilidad. Toda la conversación había sido una muestra de debilidad de su parte. Ahora le faltaban las fuerzas para explicarse. Estaba más confundido que nunca. Se moría de miedo. Miedo a que alguien lo señalara. «¡Yo lo vi, él no hizo nada para taparle la boca a la vieja esa!»

—Perdone, señora, pero me tengo que ir.

La madre se puso de pie y tomando a Raúl desprevenido por los hombros, le estampó un beso en la frente.

—¡Ve con Dios, hijo, ve con Dios! Y que no te vean salir. Mientras existan amigos como tú...

Debió decírselo allí mismo. Quitarse la careta. Amonestarla por sus ofensas públicas, pero sin saber por qué, guiado por un impulso remoto y primitivo, se le arrimó y la abrazó con cariño. Luego abrió la puerta y sin sigilo alguno saltó a la calle.

Por la cuadra no se veía a nadie. Lo único sospechoso era un borracho que estaba recostado en el muro del edificio de enfrente. Raúl creyó verlo esquivar la mirada, hacerse el disimulado. «Es el mismo de cuando entré, seguro me está vigilando, lleva parado ahí más tiempo de la cuenta. ¡Coño! ¡Creo que estoy en un lío! ¡Tengo que denunciar a la señora Emilia así de rápido! Si ese tipo se me adelanta, estoy jodido.»

El borracho lo vio salir como un bólido y le envidió la agilidad de las piernas. «A este paso no llegaré a mi casa ni dentro de un mes.»

Serafín Rodríguez estaba tembloroso, preocupado con la idea de que aquel ojo pudiera producirle un daño irremediable. Trataba de evitarlo, pero la asquerosa viscosidad de la pupila ajena se clavaba en la suya: parodia grotesca del verso de Bécquer. Era un orificio verde, baboso, salpicado de amarillos como humor, surcado de venas sanguinolentas: serpientes diminutas que se tropezaban en una angustia perenne por encontrar espacio. Serafín hizo un último esfuerzo y escondiendo la cabeza entre las piernas logró apartar la mirada. El ojo comenzó a examinar el absurdo paisaje del patio. Por las altísimas rejillas de ventilación penetraron unos horrendos alaridos que, según informó luego un paciente, provenían del pabellón número tres. Serafín Rodríguez volvió a sentir la presencia, casi el tacto del ojo en la nuca: fuerte, espeso, desagradable como vaho, tanto que lo obligó a erguir la cabeza.

Se sintió humillado por el temor a aquel repugnante fanal y decidió enfrentarlo. Fue un breve duelo de retinas. Por mucho que concentró sus fuerzas no pudo evitar que una luz le quemara hasta la mácula, girara como un faro dislocado y le arrancara de cuajo la capacidad de controlar su percepción visual. Entonces comprendió que había sido absorbido. No era ceguera sino inversión del ángulo óptico. Ahora miraba con vista ajena, exactamente en dirección contraria a su posición corporal. Fue esta singularidad la que le permitió contemplarse a sí mismo. Se vio sentado, aplastado contra una columna del patio, tenía las piernas entrecruzadas y los brazos desfallecidos a ambos lados del cuerpo; su rostro, angustiado y sudoroso, exhibía un estupor blanquecino, mortuorio. Se detuvo en las cuencas de su cara, pero sólo encontró nubes azules, más bien grises, preñadas, dispuestas para la lluvia.

En un principio creyó que aún era él quien dirigía la observación, pero pronto se cercioró de que la vista se movía independientemente de su voluntad, era una sensación horrible, pues el ojo caprichoso recorría los caminos menos deseados: primero se precipitó de manera alocada hacia la pared lateral, miró hacia los lados un segundo y empezó a trepar por las rejillas de ventilación. Serafín pensó que buscaba el paisaje externo, pero una vez arriba, el ojo aprovechó un pequeño quicio y se sentó a contemplar lo que ocurría dentro. Serafín pudo así obtener una visión aérea del lugar en que se encontraba. Sintió miedo, tanto que sólo pudo compararlo con el miedo, con el más rústico, el menos contaminado y, por lo tanto, el más pavoroso, desolador e irremediable. Además de encontrarse en el patio de un manicomio, también, por lo que sus ojos expropiados y fundidos en uno pudieron escuchar, el asunto escondía complicaciones: los personajes de la escena se vanagloriaban de sangrientas orgías, parricidios, violaciones sexuales y fechorías de todo tipo. Era aquello una cárcel para locos: el pabellón número dos, el temido y desconocido pabellón número dos del Hospital Psiquiátrico Nacional.

El ojo se dejó resbalar por la tubería de desagüe. Tuvo que hacer un giro brusco para no terminar dentro del panel de la electricidad; lo evitó y siguió cayendo en picada. Serafín sintió una presión fuerte en el estómago. No le dio tiempo de saber si era vértigo, pues lo rápido de la caída repercutió en su rostro con un dolor punzante que le haló de las cuencas. Las nubes se reventaron. Algunos creyeron que lloraba, pero él sabía que era sólo lluvia y nadie más lo supo. Los otros, los que escucharon truenos y percibieron relámpagos en el rostro de Serafín, no acabaron nunca de distinguir la realidad del sueño.

El ojo caminó a hurtadillas hasta la primera columna, se arrastró despacio y se quedó escuchando la conversación de un grupo de pacientes. Bordeó un pequeño charco de sangre y saltó al hombro intranquilo del Cojo; se aburrió de sólo escucharle decir: «No he sido yo, no he sido yo, yo no he sido, yo no, no he sido, no». Respiró hondo y se detuvo a contemplar las paredes del patio: mugrientas, descascaradas, atiborradas de limo en las esquinas, tanto que parecían figuraciones barrocas, churriguerescas, modelos de un cuadro bruto de Fautrier. Serafín, por su parte, luchaba enconadamente por controlar su vista, pero estaba conquistado. El ojo metrópoli había hecho presa de los suyos y los obligaba a contemplar la realidad, a enseñarle al detenido la verdad de su situación, el paisaje absurdo e inmerecido en que lo habían colocado: hombres de todas las formas y colores, rastrojos humanos que llenaban el ángulo marginal de las desdichas posibles. Semidesnudos, maniáticos, frenéticos y apáticos, delirantes y ajenos. Casi siempre, acompañando a sus intrincadas malformaciones mentales, evidentes malformaciones físicas. Siempre peligrosos, en sus arrebatos o en sus mansedumbres. Impredecibles.

Serafín estaba horrorizado, deprimido. Poco a poco su depresión fue cambiando de ruta, transformándose en ira y rebeldía. Llegó a la conclusión de que únicamente librándose de aquel ojo iba a lograr recuperar el control; pero no fue una conclusión meditada con mesura, sino una reacción impulsiva y violenta: cólera enardecida que asciende hasta explotar. Se puso de pie y con gran ferocidad se abalanzó sobre el ojo. Lo golpeó duro con los puños cerrados, lo pateó, lo volvió a golpear con más fuerza, lo pateó otra vez, hasta que a la par de una andanada de improperios lo atrapó por el cuello, apretando con energía, descargando la impotencia de toda su vida, concentrando un vigor incalculable en las muñecas.

En el manicomio se desató la locura. El personal se movilizó con experimentada rapidez.

—¿Qué sucede?

—¡Están atacando al tuerto!

—¿A quién?

—¡Al tuerto, coño, a Ojofijo!

—¿De nuevo?

—¡Sí, apúrense que lo matan!

Los enfermeros atravesaron velozmente la sala y salieron al patio, se detuvieron apenas unos segundos en la puerta, miraron a ambos lados para ubicarse y se abalanzaron sobre Serafín. No fue fácil controlarlo porque estaba fuera de sí. Pateaba y se revolvía con furia, negado a dejarse atrapar precisamente cuando intentaba liberarse. Llegaron más enfermeros y algunos dementes entrenados para estos quehaceres. Lo arrastraron por el patio, por el salón con sus camas en fila y ya en uno de los cubículos blancos lograron encasquetarle una imperdonable camisa de fuerza. Hizo su entrada el jefe de la sala.

—¿Quién es?

—No sé, creo que uno de los «gusanos» que nos trajeron esta mañana.

—¿Ah, uno de esos criticones, no?

—Sí, creo que el tuerto lo ha sacado de quicio, ya sabe, siempre ocurre con él.

—¿Un pichón del enemigo, no? Aplíquenle su debida ración de corriente.

—Como usted ordene, doctor.

La violencia se generalizó. Serafín se revolvía.

—¡No, no pueden hacerme eso! ¡Un momento, por favor, un momento!

Cayeron sobre él.

—¡Imbéciles! ¡No!

Lo amordazaron pero logró escupir la mordaza.

—¡Yo no soy un enfermo, soy un detenido político! ¡No pueden! ¡Ese maldito tuerto no dejaba de mirarme! ¡Suéltenme, hijos de puta! ¡No! ¡No!

Lo volvieron a amordazar, lo treparon a una camilla tan blanca como las paredes del cubículo. Su cuerpo, en un intento sobrehumano por liberarse se convulsionaba de manera impresionante. Pasaron unas correas a ambos lados de la camilla y Serafín no pudo moverse más. Sudaba; era la transpiración del miedo, del pánico, de la impotencia. Arrastraron un generador eléctrico, maniobraron con precisión, estiraron los cables y le colocaron las dos ventosas terminales a ambos lados de la frente, en los sentidos, una en cada uno. Los paramédicos reforzaban la eficacia de las correas con su propia intervención física: había varios encima de él, sujetando con neurótico empeño. Serafín Rodríguez recordó cómo en la mañana a uno de los pacientes le habían aplicado electrochoques en plena sala, delante de los demás. Resultó un espectáculo espantoso: al contacto de la descarga el cuerpo brincó, se retorció en una mueca. El segundo corrientazo fue peor y al tercero, cuando aumentaron la potencia, ya no quiso seguir mirando y se cubrió la cara. Luego, tiraron el cuerpo al patio, meciéndolo entre dos hombres como si se tratara de un saco. Al principio parecía estar muerto. Serafín se acercó con cuidado, de la boca entreabierta borbolleaba un hilo de sangre, tropezaba en la pared y formaba un charco.

—Se le zafó la mordaza —comentó un loco con experiencia. Serafín se acercó más y pudo comprobar que respiraba lentamente, en un estertor. Cerró los ojos y rogó para que nunca se lo hicieran a él.

Los paramédicos apretaron con mayor empeño. Ya todo se encontraba listo. Serafín, inmovilizado, siguió de soslayo el recorrido del brazo del doctor; éste había retornado y personalmente se aprestaba a dirigir la operación. Se acercó al generador; sus dedos, de uñas en extremo cuidadas, hicieron girar el encendedor de *Off* hasta *On*. Serafín se contrajo instintivamente. Pero no, aún no. Los delicados dedos del doctor se trasladaron hacia otro botón a la derecha, justamente encima de una pequeña inscripción en relieve que decía: «Made in CCCP» y que estaba rodeada por una ascendente escala numérica. El psiquiatra, alto y encorvado, parecía más siniestro aún visto desde abajo, desde la camilla. Levantó el otro brazo para indicarles a los enfermeros el momento exacto en que tendrían que sujetar. Era una escena poco común: daba la impresión de ser un director de orquesta que caprichosamente viste de blanco y que está disfrutando, aspirando, absorbiendo extasiado el segundo preciso en que con el brazo en alto va señalar a «sus muchachos» el arranque del *impromptu*. Se volteó hacia la camilla como si se tratara de la partitura. Hubo un momento en que la vista de Serafín tropezó con la suya: no era una mirada suplicante, era una denuncia, un alegato, una declaración final, un réquiem por todos los derechos, la última mirada de un hombre lúcido condenado a perder su cordura. El doctor, con su negra cabellera revuelta, percibió esta mirada y no quiso sostenerla. Contempló a su tropa en posición de espera: listos, inmóviles y tensos, como en una foto. Abandonó entonces el aspecto de inofensivo director orquestal y lo mudó por el de inquisidor medieval. Verdugo y juez: realización plena. Se empinó en un suspiro y dejando caer el brazo dio la señal. Con su otra mano hizo girar el botón hasta el final de la escala.

—¿Quién coño apagó la luz? ¡El tapón! ¡El «brake»! ¡Fue el «brake»!

—¿Qué cosa? ¡El tapón, comemierda! ¿Qué carajo está pasando? ¡Es el cojo!, ¡el cojo!, ¡el cojo en el patio! ¡Lo está desbaratando todo! ¡Qué desastre!

Nuevamente la movilización de enfermeros. El espectáculo era alucinante, trágico y ridículo al mismo tiempo. El

Cojo, con un enorme tubo de acero golpeaba y destrozaba las instalaciones del control eléctrico. Un chisporroteo continuo hacía brillar su negro torso desnudo. Gritaba a todo pulmón:

—¡No he sido yo! ¡No he sido yo! ¡Yo no he sido! ¡Yo no he sido! ¡Yo no! ¡No he sido! ¡No! —nadie se explicaba cómo salía inmune a los fogonazos de la corriente.

—¿De dónde sacó ese hierro? —ninguno se atrevía a tocarlo.

Las chispas que acompañaban cada golpe del cojo contra el panel eléctrico hacían recordar fuegos artificiales. En el patio se formó un alboroto increíble. Los enfermeros no supieron qué hacer. Los pacientes reaccionaron de múltiples maneras: unos escapaban horrorizados, otros reían, un grupo se puso a festejar, se tomaron de la mano y bailaron. Algunos permanecieron indiferentes. El doctor, con los brazos abiertos en medio del patio, parecía un loco más. La tarde caía y la oscuridad complicaba las soluciones. El Cojo continuó golpeando.

Raúl Pérez salió de su casa dispuesto a denunciar a la madre de Serafín. Después de mucho pensarlo, concluyó que no le quedaba otra alternativa. Al otro extremo del barrio, Carla María salió dispuesta a encontrarse con Raúl. Después de mucho meditarlo, llegó a la conclución de que lo correcto sería vencer su porfiada animadversión hacia él y sentirse lista a darle, si se hacía necesario, hasta un abrazo. Iba, ¡quién lo diría!, presta a felicitarlo por lo que consideraba una valerosa muestra de amistad. Por haber sido el único que, como ya se regaba por todo el barrio, no le había fallado a Serafín.

Eran más o menos las nueve de la mañana, cuando ambos enfilaron por la calle 42: él, de sur a norte y ella, de norte a sur. En algún punto del camino tendrían que encontrarse. Raúl caminaba con paso resuelto, pero en verdad lo devoraban las dudas, «Esas malditas vacilaciones de siempre». Lo que no podía imaginar era que estaba a punto de verse cara a cara con la más poderosa e inquietante de todas sus dudas: Carla María Miranda.

—¿Cómo son los ojos de Carla? —preguntó la maestra durante una lección sobre los colores.

—¡Azules! —contestó el coro de alumnos.

—¡Como dos gotas de cielo! —respondió intencionalmente tarde Serafín.

Y Raúl le envidió la aparente originalidad de la respuesta y la sonrisa con que la niña premió al precoz plagiario.

Cursaban entonces el quinto grado de la escuela primaria. Fue a finales cuando ocurrió aquello que cambió radicalmente el carácter de la niña.

—¿Se van? —preguntó sorprendida la directora al padre de Carla.

—Nos vamos —contestó el hombrón con un tímido susurro.

—¿Se van? —inquirió de nuevo la directora, ahora en un tono poco amistoso—. ¿Adónde?

—Nos vamos... pa'fuera —murmuró el padre al tiempo que agachaba con humildad la cabeza.

Una semana después, la niña se escapó de la casa para correr hasta la escuela y despedirse.

La directora cerró la puerta de su oficina y le largó una perorata sobre el fatal destino de los que se van. La invitó a seguir siendo fiel.

—Además, te lo daremos todo —le aseguró—. Te declararemos Hija de la Patria, que es el más grande de los honores. Nos basta tu consentimiento —y agregó con un guiño de ojo—: te puedes quedar con la casa de los viejos para ti solita.

Pero el ardid causó un efecto contrario al esperado por la directora, pues la idea de quedarse abandonada en aquella casona colonial no despertó la supuesta codicia infantil, sino que, por el contrario, asustó a la niña, y como fue incapaz de articular respuesta, la señora montó en cólera. Mandó tocar el timbre de receso, convocó y formó a todos los alumnos en el patio y les hizo cantar el himno. A continuación repitieron tres veces la consigna. Terminado el juramento, la directora ordenó a Carla pararse en posición militar sobre una caja vacía de refrescos colocada boca abajo junto al busto de Martí. Enrojecida por la ira y con las venas del cuello inflamadas, arengó a los niños.

En cuanto ordenó romper filas, los muchachos rodearon a Carla: la insultaron, la arañaron y la golpearon, tiraron de sus cabellos y desgarraron sus ropas. Una chiquilla, flaca y larga como vara de pescar, le propinó un bofetón tan fuerte que le dejó marcados los cinco dedos en la mejilla. Otra alumna, sintiéndose protegida por el anonimato del tumulto, le escupió la cara.

Carla lloraba sin encontrar manera de defenderse. Sus brillantes ojos se opacaron, quedaron apagados por la tristeza, vacíos, como los del indiferente busto del patriota. Entonces intervino Serafín. Interponiéndose entre la turba y la niña, gritó: «¡Se acabó! ¡Se acabó!». No ofreció ninguna explicación para justificar su intervención, pero lo hizo con tal autoridad que bastó para detener la agresión y disolver la turba.

Mientras tanto Raúl se había quedado inmóvil. También había sentido deseos de acabar con aquello, se diría que estaba a punto de hacerlo cuando el otro se le adelantó. Ahora no tenía remedio, gracias a su falta de decisión perdía la dorada oportunidad de realizar uno de sueños secretos: salvar a la hermosa princesa de un peligro mortal. Un sueño común y novelero pero importantísimo para quien lo alimenta por primera vez. Observó a Serafín que se la llevaba escoltada y se consoló: «¡Total! ¡Ella se va para siempre!».

Pero no se fue. Poco antes del día señalado, el hermano mayor de Carla cumplió la edad militar y la cosa se enredó. De nada sirvieron las protestas, ni las gestiones, ni los intentos de alterar la inscripción de nacimiento, el muchacho se tenía que quedar. En medio de acaloradas discusiones la madre pronunció la última palabra:

—¡O nos vamos todos o nos quedamos todos!

—¡Pero se va a perder la oportunidad! —replicó el padre.

—¡Que se pierda!

Al comenzar el nuevo curso escolar, Carla María Miranda se vio obligada a regresar a la escuela de su barrio, con la misma directora y con los mismos compañeros de clase. Nunca más fue la de antes.

Raúl, vigía perenne, observó cada paso de su gradual evaporación, de aquel tránsito consciente al estado de invisibilidad; del estoicismo, raro en una niña, con que construyó a su alrededor una gruesa e infranqueable muralla de silencio y fue testigo mudo del esfuerzo asombroso con que su condiscípula trató de desarrollar el dificilísimo arte de no llamar la atención.

Pero Raúl calculó que la propia belleza de la chica impediría cualquier intento de pasar inadvertida y que a pesar del descomunal y doloroso esfuerzo, nunca lograría completar la metamorfosis. Conseguiría, tal vez, a fuerza de silencio, hacerse respetar. Pero de todas maneras, Raúl apostó en su contra, pensando que el paso del tiempo la derrotaría, que no podría vencer a la conversadora y juguetona de siempre, a la niña coqueta y malcriada que en verdad era. Raúl apostó que la vencería la ternura: que siempre es y hace débil. Esos nobles sentimientos que, aunque trates de esconderlos, traicioneros que son, te delatan al primer descuido. Pero Raúl se equivocó.

Carla María pudo comprobar enseguida la fuerza del silencio, sus innumerables ventajas. Y vio cómo aquellos que en grupo, convertidos en masa impersonal, la habían agredido, ahora, individualmente, se amilanaban ante su mutismo, se le achicaban.

Cada uno que trató de acercársele, de recuperar en secreto su amistad, chocó contra una pared inconmovible. De marginada se volvió marginadora. Esa fue su venganza y una instintiva forma de defenderse y de prevenir futuras agresiones. Hasta la directora terminó por esquivarla, evitando la taladrante mirada de aquella criatura cuya sola presencia se le volvió una incómoda acusación personal.

Tanto perfeccionó Carla el arte de la discreción que al terminar el curso se había transformado en una especie de fantasma. «El fantasma más bello del mundo», pensó Raúl.

Cuando pasaron a la escuela secundaria, la suerte los colocó en la misma aula. Raúl buscó asiento al fondo, desde donde podía seguirla observando durante las clases. Para aquel amor contemplativo inventaba justificaciones políticas, autoengaño que terminó por creerse a medias. Lo que pasaba era que el mutismo de Carla no daba lugar a queja alguna. Los profesores confundían siempre introversión con disciplina y como en cada curso el maestro era distinto, acababan proponiéndola para cuanto cargo y responsabilidad aparecía. Pero en este caso, como en el de los premios y las condecoraciones, siempre salía a relucir el pasado. Carla María, con sólo doce años de edad, tenía un pasado que la perseguía.

Raúl se rompía la cabeza tratando de explicarse por qué aquella criatura, a la que, según las exigencias, debía asumir como su enemigo, era en la práctica la mejor del grupo y, «¡Para colmo!», la más atractiva. No era justo. Para salvarse de la esquizofrenia, el muchacho se vio en la necesidad de desacreditar la imagen adorada.

—Nuestro ideal es trigueño, no rubio —se decía—. Tiene ojos negros, jamás azules. Hasta en eso se parece al enemigo y el enemigo nunca es hermoso. Ella es una trampa en la que no debo caer.

Pero, ¿caer cómo? Si Carla, faro inútil, no emitía ni una sola señal, no hacía la menor insinuación. Raúl se daba cuenta de que no poseía el más leve indicio de que ella lo quisiera seducir.

Al comenzar el preuniversitario las muchachas entraron en edad de celebrar sus fiestas de quince. Raúl asistió a todas las que pudo, con la esperanza de tropezarse con Carla: el baile era siempre un buen pretexto para romper el hielo. Pero aquella enigmática jovencita o no sabía bailar o no le gustaban las fiestas. Ni siquiera celebró las suyas.

Una tarde, entrando al cine Acapulco, la vio salir de la sala.

Era —creyó— el momento propicio. Estaba listo a cortarle el paso cuando descubrió a Serafín. Apenas tuvo tiempo para esconderse detrás de una gorda que también hacía la cola de entrada. Espió a la pareja y aun entre la confusión del público, encontró espacio para comprobar que al cruzar la calle, iban tomados de la mano. Esa tarde no pudo concentrarse en la película: una versión soviética de Otelo, que centraba la trama en el conflicto racial.

Pero el tiempo pasa. Terminado el *pre*, a Raúl *le dieron* matemáticas, Serafín fue a parar al Instituto de Cine, y Carla se quedó en casa: su pasado no le permitía seguir más allá. Por lo menos de la manera que ella lo habría querido. Raúl le perdió el rastro. A Serafín, en cambio, lo siguió visitando, pero casi nunca lo encontró junto a Carla. Aquella relación fue siempre un misterio del que Raúl no se dio por enterado. Ambos adolescentes siguieron siendo amigos pero sin mencionar el asunto.

Lo que Raúl Pérez no podía imaginar era la circunstancia en que, más de un año después, se encontraría con quien, desde la niñez, había endulzado y amargado sus sueños.

Pero ese día no iba pensando en Carla, sino en el informe que entregaría contra la madre de Serafín. Había subido por la calle 42 y estaba a punto de doblar por la avenida 23, cuando escuchó su nombre en andas de una voz femenina:

—¡Raúl!

Carla se le acercó sonriendo, le estampó un inesperado beso en la mejilla y lo abrazó de repente: sin ternura pero con fuerza. Él demoró unos largos segundos en devolver el gesto. Lentamente sus brazos rodearon el cuerpo de la joven, aquel cuerpo que toda la vida había deseado tener entre sus brazos.

Oscuridad total. No escuchaba nada. Silencio absoluto. No veía nada. Serafín Rodríguez estaba condenado a los olores. Pero en su nueva morada había un solo aroma: el de su propia fetidez. Costó trabajo meterlo en aquel agujero rectangular, más parecido a un nicho mortuorio que al clásico calabozo de Edmundo Dantés. Los enfermeros se vieron obligados a valerse de todas sus mañas para conseguir tirarlo al piso y hacerlo entrar por aquel boquete a ras de suelo. Lo metieron con los pies hacia el fondo y la cabeza justo a unos centímetros de la portezuela. El techo quedaba apenas a un metro de altura, por lo que casi no dejaba espacio para sentarse. Su primer impulso lo llevó a intentar ponerse rápidamente de pie, pero el golpe en la cabeza fue tal que perdió el conocimiento. Cuando lo recuperó fue para conseguir otro tremendo golpetazo en el brazo derecho, pues las paredes laterales se hallaban también a muy poca distancia una de la otra. El hueso de la muñeca crujió y un dolor punzante le subió por todo el antebrazo hasta el codo. Lanzó un grito de dolor, pero nadie acudió al llamado de auxilio.

Si hubiera podido verse, se habría dado cuenta de que estaba en una especie de catacumba, no mucho más amplia que un féretro regular con su tapa cerrada. Pero la oscuridad era tan densa que tardó varias horas en explorar, con el tacto como único instrumento, brújula ciega, la demarcadísima geografía del calabozo.

El calor era insoportable y le sacaba al cuerpo sudores desconocidos. Serafín, siempre pendiente de no perder la noción del tiempo, se empeñaba en tratar de diferenciar el día de la noche a través de los cambios de temperatura. Pero con esto sólo consiguió engañarse y sumar a su cuenta jornadas que no habían transcurrido, pues cualquier chubasco mañanero refrescaba ligeramente el foso; pero sólo ligeramente porque en verdad aquello era un horno capaz de almacenar el calor hasta el infinito. Durante varios días las axilas se le mantuvieron enchumbadas con gruesas gotas, que al secarse se convirtieron en cristales de sal que le provocaron ardentía y una quemazón insoportable. Su cuerpo comenzó a desprender tal fogaje, que tuvo pesadillas en las que se veía dentro de una estufa, convertido en un marrano parlante. Sentía la piel cocerse a fuego lento. Cuando ya no le quedaba líquido que rezumar, comenzaron los estornudos. Un tufillo ácido y mareante se paseaba a su alrededor sin encontrar modo de escapar, alojándosele, a falta de salida, en las fosas nasales.

La comezón en los pies le indicó que había permanecido todo este tiempo con los zapatos puestos. Para quitárselos tuvo que hacer de contorsionista, pero resultó una mala idea, el esfuerzo únicamente sirvió para descubrir una emanación rancia y que sus dedos se habían vuelto esponjosos, como devorados por roedores microscópicos.

Una vez al día le echaban de comer: un huevo hervido, un trozo de zanahoria cruda y un jarro de agua. A veces cambiaban la zanahoria por boniato y el huevo por dos finas lascas de carne rusa, pero sólo a veces. En cierta ocasión sintió olor a queso y se entusiasmó, pero eran sus dedos podridos a causa de los hongos, entumecidos hasta la insensibilidad. Lo que no entendía era cómo aquella magra ración alcanzaba para defecar. No había baño, ni letrina, ni agujero alguno, por lo que se vio obligado a dormir sobre sus propios excrementos, rezando para que la orina y las heces fecales se secaran lo más pronto posible. Pero tampoco ayudaba porque la mierda se tornaba gusarapienta, y su propio cuerpo, purulento. La infecta miasma lo asfixiaba. Se tapaba la nariz y la boca con ambas manos para intentar escapar al pútrido husmo aguantando la respiración; pero resultaba igual de inútil porque cuando en una brusca inhalación volvía a respirar, la peste se hacía más evidente.

Resolvió recurrir a su imaginación: la salvadora y a la vez la culpable; la causante de sus ratos de evasiva dicha y de sus calamidades. La creadora de sus personajes: de los buenos y de los malos. Intentó imaginar olores agradables, acudir a la memoria sensorial y evocar los aromas felices para enfrentarlos a la rancia podredumbre sobre la que dormía. Cerró los ojos e hizo un gran esfuerzo de concentración. Poco a poco fue logrando salir…

Primero fueron los olores del campo, es decir, de la niñez. El perfume vegetal que el rocío hace más patente al amanecer: los pies descalzos sobre una húmeda alfombra de yerba fina, el almíbar de las flores, el aire todavía puro y transparente de la sabana. Época irrepetible de descubrimientos, aprendizaje y confusión de los sentidos. Colores con olores: rojo melón, verde limón, amarillo guayaba. Colores con olores y sabor: blanco leche, oro mango, carmelita cacao. Colores con olores, sabor y sonidos: naranja crujiente, rojo tronante. También el tacto: azul liso, violeta esponjoso. Y escucharse decir: huele verde, sabe rojo, suena azul, duele amarillo. Hasta que la escuela y la experiencia lo va colocando todo en su aburrido lugar: olor a tiza y pizarrón, a recreo y merienda, a tarea y regaño, a pelea y castigo. Suerte que cada día de la semana traía su propia colonia y se podían diferenciar sin necesidad alguna de calendario. El domingo resultaba inconfundible: agua de violetas en la mañana, rositas de maíz en el parque por la tarde, chicharrón de puerco por las noches en su casa.

Así fue reconstruyendo, a través de los recuerdos del olfato, su historia personal. Pero esta era a su vez una historia colectiva. «¿Quién mató al Comendador? ¡Fuenteovejuna, señor!» En el futuro se podía ver la sardónica sonrisa del pasado. Sería un ajuste de cuentas, una extraña reivindicación de Marcel Proust: un país entero navegando hacia un ayer mil veces denostado, toda una nación dedicada a la desesperada tarea de reencontrarse con un mundo que llegaría a parecer perdido para siempre y, tal vez por eso, mejor.

El futuro iba siendo tragado por ese Saturno insaciable del presente. Serafín lo intuía, lo podía olfatear. Aunque en un principio era dejar de hacerlo. Aromas que desaparecían: el viento del parque no volvería a traer su anuncio de feria y rositas de maíz, ni por mucho oliscar encontraría la ruta escondida de los chicharrones de puerco. Colores y sabores se fueron fundiendo en una monotonía racionada y desabrida que terminó por cubrirlo todo.

—En nombre del progreso nos hacemos pobres —recuerda haberle escuchado decir a la madre mientras trataba inútilmente de descargar el inodoro roto—. ¡Y la pobreza huele mal! —no olvida que remató.

Pero Serafín estaba empeñado en limpiar su memoria, no en embarrarla. No quería seguirle tupiendo los poros, así que trató de revivir el perfume de su primera novia: efluvio luminoso, olor a inocencia en peligro, a beso regateado, a contenida ansiedad, a cuerpos que se temen y se buscan, que se provocan y se espantan. Donde un roce sutil deja más huellas que todos los contactos plenos.

Y sentarse frente al mar abierto, donde no hay playa, en esa franja costera del norte habanero en que la roca y no la arena es dueña y señora del paisaje. Y dejar que el salitre se te impregne y el viento nocturno traiga sobre sí las esencias secretas del océano: inmensidad de agua que cerca la isla, que aísla la isla, pero que al mismo tiempo echa a volar la imaginación con la escondida promesa de conducir a nuevas costas. Ruta de los que buscan, de los que escapan, de los que sueñan y por su sueño mueren. De los que presienten la imposibilidad de un destino dulce cuando se está rodeado de tanta sal. La isla salada. La salación nacional. Variante del determinismo geográfico. Mar de arrecifes, viento nocturno, ola terca que embiste el rompiente de *dienteperro*. Paisaje primitivo y brutal en el que algún legendario pirata perdió su cofre, su espada y la vida. Espejo que se ha quebrado de impaciencia. Fantasma de una poesía rara y sonámbula que habita esos parajes. Lugar perfecto para el amor, para el acoplamiento, que es otra manera de escapar y que tiene sus propios olores, sus rutas secretas, sus particulares fantasmas.

Olores delatores: a café tostado, que se escapa por la ventana de la casa y le avisa al vecino, al encargado de la vigilancia, al militante celoso, que alguien compró de contrabando. Olor a dulce de guayaba: escandaloso, imprudente; que a más de uno, con su comprometedora extroversión, ha conducido al tribunal popular. Buenos y por ello peligrosos olores. Nobles aromas que perdieron la batalla contra la fetidez.

La ciudad, como la vida misma, se fue haciendo hedionda. Las alcantarillas se tupieron, las fosas se salieron, el acueducto comenzó a traer un agua terrosa. Los constantes apagones fueron dañando los refrigeradores domésticos y corrompiendo los alimentos.

Las señoras recién bañadas y limpias de otros tiempos comenzaron a escasear tanto como el jabón, el desodorante o los detergentes.

Donde antes había un jardín ahora se levantaba una montaña de basura sin recoger: semanas, meses y hasta años de inmundicias acumuladas. Donde quedaba una dulcería fina hoy había un almacén de bazofia. Un hedor pernicioso fue cubriendo la ciudad y la gente se fue adaptando de tal manera a vivir sobre la mugre, a esquivarla con un rodeo por la calle, que llegó un punto en que la pestilencia se hizo familiar, inodora e indolora. La peste entró en hogares y edificios públicos. Un aire corruptor lo cubrió todo «y cuando vinimos a ver éramos insensibles e incapaces de protesta alguna».

Una tarde de calor agobiante, la abuela, registrando el escaparate del cuarto, encontró una falsa gaveta. Quiso ver qué escondía y se encontró una caja sellada. La abrió con curiosidad. Dentro, invitando al aseo, halló un paquete de doce jabones antiguos perfectamente conservados, aún con sus llamativas envolturas rosadas y las señas de la fábrica: «SUAVE. Jabón de tocador. De pura crema de almendra. Hecho en Cuba. 1958. Fabricado por Casa Gravi». Y el eslogan: «Cubana como las palmas».

La abuela desenvolvió uno de aquellos jabones y, como el genio de la lámpara, un delicioso perfume de otros tiempos se escapó, envolvió a la anciana, rodeándola con sus brazos de exhalación olvidada y salió por la puerta del cuarto hacia el comedor, invadiendo todos los rincones de la casa. Los miembros de la familia abandonaron sus quehaceres momentáneos y como tocados por una varita mágica, o como en los dibujos animados de Hanna y Barbera, fueron uno a uno hasta la habitación del fondo, donde la abuela aún contemplaba maravillada aquella caja de pandora industrial que su curiosidad había destapado.

—¿Qué es esa peste? —preguntó la más pequeña de las nietas.

—Es perfume, hija. Algo que tú no conoces. Eres demasiado pequeña, naciste en los años de los jabones rusos. Ven, te voy a enseñar.

Esa tarde hubo fiesta de espumas en los baños de la casona. Se bañaron por turnos, con las puertas semiabiertas y explotando pompas en el aire. Luego lavaron las mejores ropas, las secaron al sol, las alisaron con una plancha de carbón y salieron de noche al portal para exhibir su pulcritud.

Los vecinos pasaban y los miraban asombrados, como a espectros de un tiempo lejano. Los transeúntes más jóvenes se tapaban la boca y la nariz, apresurando el paso para escapar pronto de aquel olor chillón, misterioso y ofensivo.

Mientras duraron las pastillas de jabón, la familia fue un oasis de higiene rodeado de roña y pestilencia. Para los demás, los apestados eran ellos.

Serafín, desde su remota oscuridad, revivió esos días con sumo placer. Él también había formado parte de la memorable comitiva. Por eso, cuando los enfermeros vinieron a llevárselo, al abrir la portezuela, los esperó una sorpresa. Otro prodigio.

Raúl Pérez no estaba preparado para ese abrazo. Se había pasado la vida soñando con él, pero no estaba preparado.

Ahora pagaría el precio de evocar irrealidades, de desear con demasiada intensidad, de atrapar exclusivamente con la imaginación el escurridizo objeto de sus afanes. Pagaría por inventarse el momento ideal, la situación perfecta, la trampa ingeniosa de la que su presa no podría primero escapar y no querría luego evadirse: dulce lazo con que ataba para siempre los destinos del botín y de su conquistador.

Hasta se había inventado una frase de consuelo: «Si la realidad nos aleja del sueño, sirva el sueño para hacerlo realidad». Una vez que la fantasía subsanaba el error de la vida, podía evocar mil veces la victoria, la batalla ganada en el campo de las ensoñaciones. Pero Raúl, que de este modo ilusorio había abrazado ese cuerpo infinidad de veces, que para hacerlo estremecer entre sus brazos le bastaba cerrar los ojos y respirar profundo, ahora, asaltado a traición por la realidad, no sabía qué hacer.

La experiencia onírica no servía de nada, se volvió torpe y se desconcertó de tal manera que no atinó ni a interrumpir ni a consumar el abrazo. Parecía uno de esos personajes encantados de *Flor de leyendas*: víctima de un maleficio, una estatua de sal que, pugnando por animar sus extremidades, sólo consigue una quietud ridícula.

Sin embargo, en el maleable escenario de sus elucubraciones, el cuerpo de Carla había sido siempre vaporoso: una pluma que él lanzaba al viento y recogía en la caída para hacerla girar en una danza lírica. En sus fabulaciones ella siempre era rescatada por su gesto viril y oportuno. Pero ahora, en el momento de la verdad, el cuerpo de la joven tenía peso específico, ocupaba un espacio delimitado, poseía volumen y altura, contextura palpable y resistencia evidente.

El contacto con aquella materia viva lo trastornó. Se puso tan nervioso que estuvo a punto de hacer un disparate. Carla se dio cuenta de la confusión de Raúl pero, en una primera muestra de ingenuidad, lo interpretó como el estallido de una emoción fraternal.

—Ahora me doy cuenta de que eres buena gente, un gran amigo. Discúlpame por no haberlo entendido. Ahora entiendo... tal vez sea que necesitamos traspasar ese espacio de miedo que han colocado entre cada uno de nosotros. Tal vez necesitamos abrazarnos para saber que no estamos solos.

Y sin previo aviso lo volvió a apretar contra su pecho: ¡aquellos pechos inasibles sobre los que Raúl había dormido sus mil y una fantasías, esos senos dulces que una vez, cuando los imaginó besados por su amigo, lo hicieron retorcerse de celos!

—¡Vamos! ¡Vamos a algún lugar donde no haya gente! —mandó de pronto Carla.

Y le tomó ambas manos con las suyas. Fue el primer gesto de ternura. Los anteriores habían sido de solidaridad.

Raúl la siguió como un autómata: náufrago de sí mismo, olvidó que tenía un informe que ofrecer y un grupo de compañeros esperándolo.

Cuando lo destaparon, una vez removida la plancha de metal con que hacía dos meses clausuraran el foso, una nube apestosa explotó ante aquellos que, para no tragarse la emanación hedionda, tuvieron que apartarse apresuradamente y esperar varios minutos a que se disipara lo peor del tufo. No pudieron evitar un eventual sentimiento de compasión hacia el hombre que había permanecido tantas semanas enterrado en vida. Movidos por el morbo más que por la piedad, se acercaron al boquete para contemplar de cerca lo que estaban seguros sería una piltrafa humana. La imagen de la derrota.

Cien veces habían realizado su trabajo, su particular labor de desenterrar muertos vivientes y cien veces habían encontrado el mismo panorama: un hombre solo, abandonado en medio de un charco de porquería desecada, esquelético y sin fuerzas siquiera para quejarse; a veces inconsciente, desmayado sobre la mugre. En ocasiones hecho un ovillo, tratando de evitar el corrientazo que la luz del día, por tanto tiempo olvidada, provocaba en las pupilas. En ciertos casos no le quedaba energía para cerrar los párpados y el sol daba de lleno en una mirada transparente: metáfora real de la desilusión. Ojos en los que se alojaba toda la tristeza del mundo, todos los quebrantos, las esperanzas perdidas. Invariablemente habían sido testigos de este espectáculo, e invariablemente les servía de consuelo para sus vidas de obediencia, para reafirmar la pueril filosofía de que la rebelión constituía una locura.

Por eso, cuando asomaron las cabezas por el agujero del calabozo, tuvieron que mirar dos veces para cerciorarse: Serafín, sobre un cuerpo que apenas lo sostenía, hecho un guiñapo, la piel cuarteada de tanto destilar sudores agrios, los pies inflamados y podridos, sonreía.

Aquella anacrónica alegría resultó una provocación. El trofeo de un hombre que vence la adversidad, la venganza de aquel que arbitrariamente condenado al Infierno, se inventa el Paraíso.

—¡Hola, que tal! ¿Cómo están? ¿Verdad que hace un día maravilloso? —y sin esperar respuesta, inhaló el nuevo aire ante el estupor de sus desenterradores.

Sin saber bien por qué, aquellos hombres se sintieron ofendidos; agarraron una gruesa manguera y empezaron a golpearlo con el chorro de agua.

—¡Ríete, cabrón! ¡Ríete ahora! —gritaban los enfermeros. Y el cuerpo de Serafín se bamboleaba al compás del chorro.

No se detuvieron hasta verlo retorcerse en una mueca y caer sin sentido.

Raúl olvidó todos sus compromisos. Ignoró a aquellos que lo esperaban para escuchar su informe y salió caminando junto a Carla por la avenida 23. Por primera vez en su vida estaba siendo negligente con aquello que consideraba su deber. Doblaron en la calle 30 y siguiendo la ruta de la sombra se dirigieron rumbo al Parque Almendares. Durante el trayecto fue ella quien mantuvo la conversación. Raúl, para evitar cualquier comentario inoportuno, se limitó a contestar con monosílabos o asintiendo con la cabeza. Ese reflejo de debilidad hizo que, en vez de prestar atención a lo que ella decía, se distrajera escuchando el timbre de su voz, la suave cadencia con que mecía las oraciones, el modo apropiado con que articulaba las palabras, su acento de chica bien educada, tan diferente al de la mayoría de los habaneros. Notó que Carla pronunciaba todas las erres intermedias y las eses finales, terminando por tener un acento exótico. «Es como si pretendiera pasar por extranjera. La naturalidad de los gestos es lo que la salva del ridículo», se dijo, sin notar que iba prestando atención a la forma y no al contenido de la conversación.

Procuró quedarse rezagado medio paso con la explícita intención de contemplarla, de saborear su cuerpo; pero un viento cómplice, casi lírico, batió los cabellos de la joven y él desvió la mirada hacia el cuello descubierto: piel perfecta, derroche de juventud; tan sensual como la insinuación de una pierna. Estaba pensando en la alternativa de dar rienda suelta a sus instintos cuando ella se viró, lo tomó de la mano y le indicó:

—Apúrate, te estás quedando atrás.

El breve roce de esa mano transformó su apetito silvestre en blanda ternura. Caricias que purifican, que lo hacen sentir a uno más humano, mejor persona, más vulnerable. «Es tal vez esa idea suave del alma a lo que llaman amor. Otros lo consideran debilidad. Los fuertes probablemente no amen. Amar es ser débil. Los malos duermen bien, pero aman mal», en todo eso pensó Raúl.

Cuando llegaron al parque buscaron un banco para descansar de la caminata. Y ahí, en medio del más romántico de los escenarios, cercados por una vegetación voluptuosa, hablaron sobre el menos romántico de los temas. Hablaron de *la situación*. Y conversaron, era inevitable, de Serafín. Habló ella, porque él no se atrevió a despegar los labios.

«¿Cómo le explico? ¿Cómo le hago entender? ¿Cómo le digo que he sido yo? ¿De qué manera me justifico? No. Jamás entendería. No volvería a dirigirme la palabra. Este no es el momento... tal vez, otro día. Primero me ganaré su confianza. A lo mejor hasta... no, eso no. Eso sí sería una traición. Nunca lo intentaré.»

Carla no se dio cuenta de que dialogaba con un sordo, un hombre que, haciendo como si la escuchara, en verdad conversaba consigo mismo. Donde ella vio timidez, había confusión. Raúl desaprovechaba la oportunidad de conocer realmente a la que había amado en la distancia, sin entender que la distancia distorsiona y que la realidad era la que ahora tenía frente a él y con la que al fin y al cabo debería lidiar. Raúl, tan amigo de las sentencias, ignoraba algo tan trillado como aquello de que amar no es poseer sino compartir. Sin embargo, logró algo imprevisto: intrigarla, despertar en ella la curiosidad, el anhelo de saber más sobre aquel viejo y callado condiscípulo al que conocía tan mal y a quien, al parecer, había juzgado injustamente.

Comenzaron a verse con cierta frecuencia, intercambiando noticias e impresiones sobre la situación del amigo común. Raúl comprendía que ese era el puente que los acercaba y decidió postergar el asunto de la madre. Sus compañeros se quedaron esperando un informe que nunca llegó. Reclamos y excusas se hicieron interminables. Para justificarse ante sí mismo, Raúl se pintó como un redentor solitario, como el salvador de esa joven a la que rescataría por sus propios métodos. Nuevamente el deber como pretexto del querer. Probaría por su cuenta, desconociendo que las soluciones privadas atentaban contra la naturaleza del mundo que decía defender.

A partir de ese día Raúl no pensó en otra cosa que en Carla María Miranda. En cada encuentro aumentaba su ansiedad, teniendo que realizar grandes esfuerzos para ocultarla. Pero a medida que ganaba la confianza de Carla, perdía la de sus compañeros. Comenzaron a vigilarlo. En el barrio adquirió fama de buen amigo. «Es en los momentos difíciles cuando se sabe quién es quién», repetían por las esquinas. «Se ha vuelto débil», sentenciaban los compañeros. Entretanto, la relación con la muchacha fue adquiriendo autonomía y la interferencia del amigo en desgracia se fue reduciendo a una serie de confusas noticias: «Lo volvieron a trasladar. ¿De nuevo? Sí, yo no sé por qué, pero lo tienen rebotando de un lado para otro. ¿Y qué más? No, no se sabe nada más». La falta de noticias de primera mano achicaba las posibilidades de ahondar en el tema.

—Vamos al cine —dijo una tarde Carla, y Raúl se la pasó creando pretextos para guiarla en la oscuridad de la sala, pequeñas coartadas para rozar su piel o respirar su perfume. Mezcla de timidez y osadía ante alguien que no parecía enterarse del asedio.

En otra ocasión pudo ver, a través del haz de luz del proyector, cómo a ella le rodaba, mejilla abajo, una lágrima. Él también se emocionó, pero su enternecimiento nada tuvo que ver con la historia que transcurría en la pantalla, sino con la impresión de verla a ella conmovida. Se atrevió a tomarle una de las manos y sonrió como un niño al sentir que el gesto le era devuelto en un apretón de agradecimiento. Pero no encontró valor para seguir más allá.

La primera vez que fueron a la playa había oleaje y el cuerpo de ella apoyándose en el suyo para alcanzar la orilla, desató en su mente un remolino de lujuria en el que estaría sumergido varias semanas. Durante esos días recurrió constantemente al angustioso juego del onanismo: bajo la ducha, acariciándose con la espuma del jabón; en la cama, estrujando fuertemente la almohada; al teléfono, llamándola con cualquier pretexto para que la voz lo ayudase a evocar la figura. Rito perverso que ultrajaba lo que de puro pudiera tener su amor. Adicción innoble que minaba su fuerza de voluntad y que lo hacía sentirse empequeñecido. Así pensaba, sin que por ello pudiera contenerse. Se volvió irritable e irritante. Sus padres estaban consternados, sin entender las razones de tanta frustración, de semejante desidia en quien hasta ayer era todo entusiasmo. «Nada de esto se parece a los poemas, ni a las películas, ni a ese color azul celeste con que nos pintan el alma», se lamentaba Raúl, negándose a admitir que tras los más altos ideales pudieran esconderse las más bajas pasiones o que entusiasmo e indolencia cohabitaran o que refinamiento y vulgaridad pudieran ir de la mano.

El insomnio rompió su disciplina, alteró sus esquemas, desordenó de un manotazo su escala de valores y transformó sus certidumbres en dudas. Ahora sus compañeros le parecían ridículos: tan convencidos, tan seguros de todo, tan creídos de que la vida podía encerrarse entre las estrechas paredes de una organización política. Por eso ya no iba con ellos, ni asistía a sus reuniones, ni proponía, ni aplaudía como antes.

El día en que cumplió los diecinueve, Carla se apareció en su casa con un regalo: un pequeño libro donde una zorra desconfiada explicaba a un príncipe preguntón cómo se domestica a los amigos.

—Ojalá te guste —le deseó Carla al tiempo que lo besaba en la mejilla—. ¡Felicidades! —y le extendió el librito—. ¡Ah!, ¡Y tengo otra sorpresa! —se veía contenta—: ¡Recibí carta! ¡Me escribió!

—¡Ah!, ¿sí? —se limitó a responder Raúl—, y ¿qué dice?

—Bueno… tú sabes… parece que está bien, dentro de lo que cabe, claro. Y, además, te manda saludos —mintió Carla.

Siempre soñé escribirte una gran carta de amor. Allá, cuando todo indicaba que te ibas. Mil veces hilvané las oraciones en el aire. Incluso juntos, tomados de la mano, te escribía desde lejos. Me miraba en tus ojos y construía en silencio frases para la posteridad; es decir, para ti.

Sería una carta larga en la que me confesaría sin tapujos, en la que derramaría todo aquello que no era capaz de decirte frente a frente. Una carta íntima en la que podría ser cursi sin temor al ridículo, trascendente sin miedo a la equivocación, elocuente sin la más elocuente competencia del contacto físico: lejos de la ternura que me evidenciaba al saberte cerca, asequible, dispuesta a la aventura que significaba despertar la ciudad de tus sentidos y encender una a una sus luces.

Ahora estoy aquí, tan lejos como si te hubieras ido y sin poder siquiera encabezar ésta con tu nombre, mucho menos firmarla. Ahora estoy apretando la letra porque para poder burlar los controles no debo sobrepasar la página. ¡Esta pequeña página de papel cebolla! ¡Me quedan apenas cuatro líneas! ¡En estos míseros renglones no cabe todo lo que siento! ¡Qué hoja más pequeña! ¡Da igual! Si nos obligan a esconder aquello en lo que verdaderamente creemos, si para proteger lo amado debemos callar, sólo me resta pedirte, de todo corazón, que ames profundamente mi silencio. No puedo ofrecerte más.

No tuvo paz. Durante dos años y cuatro meses Serafín estuvo en una veintena de lugares distintos. Recorrió el país en carros jaula como si se tratara de excursiones del horror. Antes creía que la casa lastraba, que ataba con demasiada fuerza, que el hombre había perdido su libertad cuando había dejado de ser nómada. Pero ahora, obligado a un constante ir y venir por los laberintos penitenciarios, entendía que la casa era, al unísono, punto de partida y de regreso, lugar indispensable para que la aventura fuera tal. Ahora comprendía que las andanzas perpetuas no tenían sentido, que las hazañas nada más lo eran si se regresaba para contarlas y que no había mejor lugar para eso que el hogar. Unicamente así, cobijados bajo el calor familiar, nuestras historias de trotamundos adquirían sentido épico. «La magia es posible cuando no se le ve el truco». Ahora pensaba que la falta de libertad era sencillamente la ausencia de opciones. Que Ulises, durante su odisea, nunca fue libre porque, esclavo de un destino impuesto por dioses caprichosos, no tenía otra opción que amarrarse al mástil para evadir a las sirenas. Que nunca pudo disfrutar su aventura porque la pelea con los cíclopes era una agonía de vida o muerte. Serafín llegó a la conclusión de que quien le otorgaba a Ulises dimensión heroica era Penélope, es decir, el hogar. Si ella no lo hubiera esperado, si no hubiera tejido y destejido mil veces aquel manto engañoso, hoy nadie recordaría la leyenda. Y Homero jamás habría cantado las desdichas de un pobre hombre perdido en un mar de rocas repentinas, de un desdichado que nunca encontró su casa, es decir, su punto de partida. No habría héroe. Todavía estaría navegando sin rumbo, sin completar el ciclo.

Serafín llegó a la conclusión de que morir en el combate valía la pena si tu causa triunfaba, que mientras no sucediera así, serían tus enemigos los que contarían la historia. «Para morir hay que morir ganando», se repetía. Y reafirmaba así su decisión de sobrevivir a toda costa.

Como la versión oficial aseguraba que no había presos políticos, que todos eran delincuentes comunes, los mezclaban. En la sección de menores, en Taco Taco, provincia de Pinar del Río, tuvo que aprender el afilado arte de las navajas: ensangrentar el cuerpo ajeno para salvar el suyo de la herida. Delincuentes de poca monta que podían, con sólo ser más ágiles, marcarte el rostro para siempre.

En Agüica, provincia de Matanzas, se inició en los secretos de la santería, convivió con la secta de los abakuá, aprendió su lenguaje de íremes y orishas, bailó sus cantos, cantó sus bailes.

Allá por Las Villas, en Ariza, comprendió que contra el hambre nadie puede, que no hay manera de engañar un estómago que lleva seis días sin recibir bocado. Allí, como castigo, les impusieron una huelga de hambre que no era tal, porque nadie la quería hacer.

Después, en Kilo Siete, en la región de Camagüey, fueron ellos mismos quienes iniciaron un ayuno que fracasó porque el estómago no siempre entiende de principios: el cuerpo se rebela contra un cerebro que ordena suicidarse; el más ancestral de los instintos se insubordina ante una orden antinatura. Si tu fuerza de voluntad, si tu orgullo y soberbia pueden más que el instinto de conservación, más que el mandato primario de perpetuar la especie, entonces has cruzado la línea. Los mártires son aquellos que le encuentran un sentido a la muerte y Serafín comprendía con humildad que no tenía madera de mártir. Solamente entre los más viejos quedaban hombres de esa estirpe. Los conoció en Boniato, lugar de máxima seguridad en el extremo oriental de la isla. Bajo la luz del único bombillo que había en la galera, celebraban una extraña asamblea.

Era un grupo selecto: todos llevaban más de quince años cumplidos y otro tanto por cumplir. En un principio vistieron uniformes cuyo color amarillo los distinguía del azul común. Un día los carceleros anunciaron que no habría más distinción de colores, que todos vestirían de azul.

Se aferraron al amarillo como quien se niega a perder la identidad. Las autoridades combinaron amenazas con premios: aislamiento para los testarudos y un poco de sol para los que optaran por el color del cielo prometido.

El amarillo, como en los tiempos en que anunciaba la peste o la lepra, señaló aún más a aquellos hombres. El premio por la transcoloración se hizo sustancial: rebaja de condenas o la inmediata probabilidad de salir para los más entusiastas. Las deserciones fueron considerables. Al cabo de unos años quedaban unos pocos que, habiendo resistido todas las presiones, estaba claro que se mantendrían firmes. Les quitaron los uniformes a la fuerza. Desvestirlos resultó más fácil que obligarlos a ponerse el traje de los comunes. Aquellos seres que se iban haciendo indomables prefirieron vivir en calzoncillos. Desde ese instante el blanco sustituyó en espíritu al amarillo y dejó de ser símbolo de paz para convertirse en emblema de guerra. Se sembraron de tal inconmovible manera en esa posición que comenzaron a llamarlos *los plantados.* Algunos habían cumplido, pero la condición para salir era caminar hasta la puerta vestidos con el traje índigo. Y así permanecían, a unos escasos metros de la libertad, negados a teñirse en el último instante.

Cuando Serafín los conoció, habían perdido la cuenta del tiempo que llevaban sin que se les permitiera recibir visitas o siquiera cartas de los suyos. Aislados del mundo, el mundo los olvidó. Ese día estaban alrededor del viejo bombillo, discutiendo si durante la madrugada debía permanecer encendido o no. Los noctámbulos opinaban que sí, pero los que contra los largos años de aislamiento aún conservaban la costumbre de despertarse temprano, pensaban que no, que la noche, a pesar de la poca diferencia que allí dentro tenía del día, era para dormir.

Ninguno de ellos portaba reloj, no se les permitía, pero quienes insistían en regular los horarios a partir de la arbitraria indicación de las comidas, argumentaban que la indisciplina los debilitaba. Los otros, por su lado, opinaban que era peligroso que todos durmieran a la vez.

Serafín observó que, aunque no había más de dos opciones, estaban divididos en cuatro o cinco grupos distintos. El tema central parecía tener poca importancia. Lo que los separaba eran rótulos que al joven le sonaron como pasos lejanos.

La asamblea del bombillo adquirió sentido nacional, categoría patriótica y dimensión histórica. A pesar de que entre ellos se conocían perfectamente, los oradores que se sucedieron no pudieron vencer la tentación de exhibir, aunque fuera brevemente, sus credenciales. Serafín comprendió que esos hombres no estaban allí por lo que habían hecho, sino por lo que habían sido, por lo que una vez representaron.

Así, en calzoncillos, rapados, macilentos y flacos, decidiendo el futuro de un foco chino (alguien se había tomado el trabajo de definir su procedencia), se hallaban los representantes de un mundo muerto: senadores de la República, alcaldes, concejales, ministros, líderes partidistas, diplomáticos de carrera, aristócratas y millonarios, eclesiásticos, militares de academia, líderes sindicales y estudiantiles, agricultores, periodistas famosos, artistas irreverentes y hasta guerrilleros insubordinados. Cada uno defendiendo argumentos contrapuestos y lanzándose acusaciones que afuera habían perdido sentido. Afuera existía una sola voz, un solo mandato; la tiranía en su más puro y espantoso esplendor.

A los niños, en las escuelas, se les enseñaba la historia en dos partes: el pasado oscuro y el presente luminoso. Nada más.

Aquellos hombres no parecían saber que afuera el mundo había asistido fascinado al más deslumbrante acto de prestidigitación: el ilusionista mayor había hecho desaparecer, de un capotazo histórico, cuanto encontró a su alcance. La magia de los circos pueblerinos perdió toda inocencia para convertirse en un espectáculo de dimensiones desconocidas. Ahora no se trataba de hacer desaparecer un conejo, un pañuelo, tres pelotas, una baraja o un dado, sino de escamotear todo un universo, una sociedad entera: sus maneras de comportarse o relacionarse, la forma de dirimir las diferencias o de ganarse la vida y la muerte. El público, hechizado, observaba cómo aquel embelecador imponente subía al escenario y con un simple conjuro evaporaba fortunas centenarias, ejércitos completos, la marina, los partidos políticos, la prensa, las relaciones internacionales, los grandes y pequeños comercios, la Iglesia y cuanto se tenía por importante e imperecedero.

El truco circense de la mujer descuartizada adquirió matices de un realismo tal que la sangre salpicó a la concurrencia y la gente se tocaba los coágulos con la punta de los dedos para corroborar que cuanto habían visto antes era un simple juego de muchachos.

El divertido acto de encerrar a los espectadores incrédulos en un baúl sellado con candados para luego hacerlos aparecer al otro extremo del escenario, se transformó en un asfixiante drama del que nadie, aun cuando se zafaran los candados y se abriera el cajón, podía escapar.

El mundo, cautivado, aplaudía sin entender que lo perdido no tenía repuesto y que las sustituciones, como hijas de un maleficio, estaban destinadas a trocar sus funciones o a dislocarse de tal manera que pocos llegarían a recordar el sentido original de las cosas.

El gran brujo, para no romper el encantamiento, se vio en la necesidad de repetir el artificio hasta el infinito. Poco a poco fueron esfumándose otras cosas: la forma de vestir, de hablar, de saludarse, de cantar o reírse; los alimentos de siempre, los medios de transporte y las maneras sencillas pero efectivas de comunicarse. Al cabo de unos años, la gente andaba tan ensimismada en la solución de los problemas diarios, tan gigantescas se volvieron las pequeñas diligencias de antaño, que la mayoría fue perdiendo la memoria. La vida se volvió un presente eterno y en ese sopor atemporal *los plantados* no existían. Pocos parecían saber de su gran gesto de rebeldía, ni de la hidalguía de su plante y mucho menos haber oído hablar de la guerra de los colores, porque los colores tampoco existían ya.

Serafín intuyó que aquel foco de discusión constituía un ejercicio reafirmatorio. Como no lograban ponerse de acuerdo, decidieron llevarlo a votación. Se entusiasmaron como niños al escuchar la olvidada palabra. Hubo campaña y cada bando intentó convencer a los otros de la validez de su posición. Hubo también quien puso secretamente precio a las intenciones de voto: tres cigarros, dos jabones rusos o el desayuno de un día; cosas que para las circunstancias eran, a no dudar, valiosísimas.

El voto fue secreto y directo: cada uno depositó su decisión en la misma lata oxidada que usaban para bañarse. La removieron, por pura superstición, antes del conteo.

Perdieron los noctámbulos. Los vencedores gritaron su alegría casi a la misma vez que su inconformidad los derrotados. Hubo impugnación, acusaciones de fraude y recuento de votos. Cuando se convencieron de que no existía trampa probable, acataron el resultado: el trajinado bombillo se apagaría por las noches. Se acabó la discusión.

A Serafín le gustó la simple efectividad de aquel juego que con todo y sus defectos le parecía preferible a lo conocido por él. Pero con lo que de verdad aprendió a respetar a esos hombres fue con lo que vino después.

Esa noche la ronda ordenó encender la luz.

—¡Vamos! ¡Muévanse! —gritó aquel sargentico de orejas puntiagudas.

—Es que hicimos una votación.

—¡A mí lo único que me importa es el reglamento!

—Fue una decisión entre todos.

—¡Las órdenes se cumplen y no se discuten! —recitó el orejón. Y sin más abrió el candado, entró en la galera y encaramándose en una de las literas dio vueltas a la válvula. Una tenue lucecita se posó sobre un pelotón de rostros indignados. Apenas el intruso dio la espalda, un objeto surcó el aire y rompió de golpe el bombillo. El militarcito huyó de la oscuridad repentina y de la posibilidad de que un segundo proyectil hiciera blanco en alguna de sus orejas. Cuando se escuchó el *clac* del candado, se agolparon al fondo para esperar la represalia.

El guardia regresó con diez más y un foco nuevo en la mano. Quienes antes se habían enfrentado entre sí, ahora hacían causa común: en una sola noche destruyeron tres bombillos; por eso el cuarto lo colocaron con una rejilla protectora. Entre sus diminutos barrotes, aquella luz prisionera apenas alumbraba, pero su tímida presencia derrotaba la decisión mayoritaria.

La segunda noche el foco explotó solo. Tres bombillos más reventaron ante la cara de quienes lo acababan de poner y ante la risa contenida de quienes luego, interrogados individualmente, no supieron decir quién ni de qué forma había conectado los cables en cortocircuito. Cuando un electricista de la guarnición trató de cumplir la encomienda de arreglar la instalación, encontró que la cablería había sido dañada de tal manera que no quedaba otro remedio que renovarla por completo.

—¿Cuánto demora? —preguntó el orejón.

—Una semana —aseguró el electricista.

—Y ¿por qué tanto? —se quejó el primero.

—Hay que pedir los materiales fuera —se justificó el segundo.

—¡Estos cabrones no pueden salirse con la suya ni una sola noche! —advirtió el obstinado celador.

—Le tengo una idea —y el electricista chasqueó los dedos en el aire.

Esa noche, justo cuando se aprestaban a dormir en la oscuridad de su victoria, una luz cegadora los agredió. Del otro lado, a salvo de cualquier ardid, dos gigantescos reflectores de rastreo apuntaban hacia el interior de la galera.

—¡Duerman ahora, hijos de puta! ¡Duerman ahora! —gritaba el orejudo secundado por un coro de risotadas.

Respondieron con una huelga de hambre. Al tercer día de ayuno las tripas de Serafín, que estaba entre aquellos hombres únicamente porque no quedaba otro espacio disponible, protestaban ruidosamente. A la quinta noche sufrió mareos y vomitó una bilis sanguinolenta. Sus eventuales compañeros, acreditándole la condición de recién llegado, le propusieron abandonar la protesta.

—Esto es asunto nuestro —señaló uno de los líderes—, tú no estás obligado a seguirnos.

—Yo soy ya uno de ustedes —respondió por congraciarse el joven. Y el aplauso de aquellos veteranos lo comprometió más.

Al séptimo día estaba arrepentido de haberse embarcado en tan descabellada aventura y de no ser por sus escasas fuerzas habría gritado a todo pulmón que vendía su alma al diablo por un plato de sopa. Sin embargo, los otros parecían entusiasmados con la idea de resistir y con un estoicismo suicida enfrentaban los embates de la inanición.

Era un sacrificio sin premio porque más allá de aquellas paredes nadie se enteraba de nada. El único placer posible era el del desafío en sí. Serafín, reuniendo un poco de energías hizo el comentario en voz alta.

—Si renuncias a tu rebeldía, te mueres igual —le contestó el más viejo de todos.

Aquellos hombres habían cruzado la línea. El joven supo que si el reto se alargaba tendría que abandonarlos y se sintió triste. Habría querido acompañarlos hasta el final, compartir con ellos la discutible gloria de la inmolación. Pero él conocía sus limitaciones: el sentido común terminaba siempre venciéndolo y, además, se veía demasiado joven para morir a causa de un bombillo chino.

En verdad no entendía la mecánica de aquel recurso: amenazar con el suicidio cuando lo que desean es liquidarte se le antojaba un modo tonto de complacer al adversario. Pero según pasó el tiempo fue entendiendo que ciertas autoridades, para ser tales, necesitan disponer de tu vida y de tu muerte por igual. Pueden dejarte morir, pero en ese caso eres tú el que vences porque decides de antemano tu destino y el destino de cada uno de los habitantes de una autocracia es propiedad exclusiva del autócrata.

Al duodécimo día se desmayó. Soñó que jineteaba un caballo blanco a través de un campo abierto. Era una imagen desprovista de simbolismo, un tanto amanerada; simplemente cabalgaba sobre una enorme alfombra de florecitas amarillas.

En la noche número 17 se acabó todo. Cuarenta orejudos armados hasta los dientes entraron ruidosamente y repartieron tantos golpes que ellos mismos casi desfallecen. A Serafín, a pesar de estar inconsciente, le quebraron tres costillas, uno de los brazos y le rajaron la cabeza de un culatazo. Cuando volvió en sí, se hallaba a cientos de kilómetros de Boniato, en la fortaleza de La Cabaña, antiquísima edificación de la capital. Sus nuevos compañeros le preguntaron cómo se sentía y él respondió de una manera incomprensible para ellos:

—Prefiero el pasado oscuro al presente luminoso —murmuró.

En La Cabaña conoció a «los nuevos». Le llamó la atención el caso de un muchacho de apellido Guedes, que expiaba ocho años por escribir en las paredes el misterioso conjuro de «¡Abajo quien tú sabes!». Guedes lamentaba que no se hubieran tomado el trabajo de preguntarle a quién se refería.

—Yo creo que los que deberían estar guardados son ellos. ¡Por mal pensados, digo! —señaló Serafín con un gesto de complicidad. Y los dos rieron.

En la zona dos, al final del patio, conoció a los *hojalateros*. Creyó se trataba de vendedores de hojalata. Los imaginó incluso empujando sus carretones y traficando un universo de cacharros por los callejones del barrio. Hasta que le aclararon que la letra *h* sobraba. Es decir, que aquel rincón estaba repleto de *ojalateros*: una variedad de tipos acusados de lesa interjección. ¡Ojalá que se caiga! ¡Ojalá que se muera! ¡Ojalá!... «Tampoco hizo falta decir quién, pues al parecer todo el mundo sabía quien era el único inspirador de tanto cariño», reflexionó Serafín con amarga ironía.

En la zona tres convivió con un tipo al que llamaban el Soñador. Pensó que era algún poeta malogrado, pero después de observar durante semanas a aquel negro cincuentón no encontró nada que justificara el apodo. Cuando su curiosidad pudo más que el precavido mutismo a que se sometía, supo la verdadera causa del mote: al pobre hombre se le acusaba de intentar asesinar *a quien tú sabes*. Al seguir indagando se enteró de que no hubo conspiración, ni armas, ni nada por el estilo. Simplemente aquel negro buenísimo había soñado el fallecimiento de quien, al parecer, todo el mundo sabía.

Serafín se asustó con la posibilidad de que hubieran inventado el aparato para leer los sueños. Pero no. «Ese sería el sueño de ellos (y el póstumo de Freud) y nuestra pesadilla definitiva.» Se rió en silencio. Lo que sucedió fue que la mujer del soñador (inocente delatora) comentó en la bodega del barrio, a unas viejas amigas, la onírica visión de su esposo.

—El pobre de mi marido —refirió la señora en la bodega— está tan decrépito que le ha dado por creer en los sueños.

Una hora después se llevaban detenido al peligroso terrorista. Cuando Serafín lo conoció hacía un mes que no pegaba un ojo porque, según le confesó, hablaba dormido. Fue en La Cabaña donde se hizo amigo de los del Comité de Lamentaciones: un grupo de víctimas que un día decidió llenarse de coraje y enarbolar su miedo.

No pudo más. Educado en el amor al orden, en la veneración a la disciplina y en el respeto a las jerarquías, se desquició cuando no pudo conciliar sus emociones. No parecía apto para vivir sin reglas claras. Desde niño había aprendido a tender su cama correctamente, a ordenar la ropa interior dentro de las gavetas y a colgar las camisas y los pantalones acorde a un escalafón de colores que iba de claro a oscuro y de izquierda a derecha. Todas las noches cepillaba los zapatos y siempre recogía sus juguetes, que evitaba prestar por temor a que se dañaran, no por egoísmo, como pensaban sus amigos.

Cuando empezó la escuela, sus libros y libretas se convirtieron en el espejo donde hacía reflejar su pulcritud y donde fácilmente se le descubría el afán por sistematizar cada cosa. Era una vocación. Lo hacía sin esfuerzo, sin pretender nada. No intentaba ser el primero ni vencer a nadie. Sencillamente disfrutaba haciendo las cosas correctamente y sentía un placer adulto al saber que no le quedaba tarea pendiente. Esa tranquilidad de espíritu resultaba un fin en sí. Aunque en el fondo su único objetivo era no ser regañado.

Nunca entendió la desvergüenza con que Serafín, como los otros, enfrentaba el regaño de los maestros. Ni comprendía el secreto deleite con que se exponían a la reprimenda pública tan sólo por no tragarse un chiste o por no sacrificar una maldad. Tampoco le gustaba discutir, ni exagerar, ni sabía mentir con naturalidad. Por eso, cuando en el tercer grado explicaron la necesidad de elegir un alumno responsable, todos pensaron en Raulito. Aceptó por obediencia. Y aunque se tomó muy en serio la función, ésta chocaba con la indisciplina de sus condiscípulos: con ellos tampoco quería quedar mal y se angustiaba ante la evidencia de que sus amigos iban poco a poco marginándolo.

Aquel niño de actitudes maduras asustaba a ésos cuya mayor aventura era romper las reglas y traspasar las invisibles fronteras con que los mayores cercan a los niños. Desde el cruel y radical punto de vista infantil, él parecía estar colocado, con ojos vigilantes, del otro lado de la cerca.

Una de las más sediciosas era Carla. En aquellos años la alegría constituía su mayor atractivo. Un día él la estaba observando jugar al pon en el patio de la escuela: tenía la mirada chispeante, la sonrisa fácil y la altanería de quienes no se han tropezado aún con las trampas de la vida; la saya flameaba con cada giro de su cuerpo, llevaba el pelo recogido por una hebilla nacarada con forma de mariposa. En el piso, dibujados con tiza, estaban los números del uno al nueve. Carla saltaba en un solo pie, sin sospechar que estaría condenada a seguir brincando para siempre en esa incomoda posición.

Él la espiaba sin saber por qué. Carla interrumpió el juego y se le plantó delante. Era más alta que él. Lo miró burlonamente y en vez de preguntarle por qué la vigilaba con tanta insistencia, lo que hizo fue revolverle el cabello con un gesto rapidísimo de su mano derecha.

—Y tú, ¿por qué estás siempre tan bien peinado? —y con la misma rapidez regresó a su juego muerta de risa.

El niño no se movió, se quedó parado allí, con los cabellos revueltos y el corazón despeinado por primera vez.

Otro día, en el que los muchachos aflojaron las patas a la silla de la maestra, Raúl se vio en aprietos. Por casualidad entró cuando Carla, ayudada por tres varones del grupo, destornillaba el respaldar del mueble.

—¡No te vayas a ir de lengua! —le advirtió la chiquilla.

Cuando la maestra inició la lección, diez pares de ávidos ojitos la seguían, vigilándole cada movimiento, temiendo perderse el espectáculo de aquella gorda rodando por el piso.

—Hoy están muy atentos. ¡Así es como debe ser siempre! —dijo la gorda a los alumnos con una sonrisa de satisfacción y acto seguido depositó su inmensa humanidad sobre la silla descolada.

El estruendo se sintió en toda la escuela y a pesar de que la escena era más patética que cómica, los chiquillos se rieron con tantas ganas, dieron tantas patadas en el piso y tantas palmadas al aire, que hasta la directora salió corriendo hacia el aula seguida por un séquito de curiosos.

—¡De aquí no sale nadie hasta que no aparezcan los culpables! —gritó la directora—. ¡Pagarán justos por pecadores! —amenazó sin advertir el espíritu religioso de sus palabras. Se paseó de un lado a otro como tigre enjaulado y lanzó el zarpazo.

—¡Usted, Raulito!

El niño tembló al ver el dedo índice apuntándolo.

—¡Párese aquí delante y señale al culpable! —ordenó la mujer.

Carla María miró a Raulito de reojo. El muchacho dio dos pasos lentamente al frente. La directora volvió al ataque.

—¡Es su deber estar al tanto de lo que ocurre en su grupo! ¡Señale al culpable!

Raulito estaba ahora frente a sus compañeros de clase, miró directamente a Carla y sin retirarle la vista murmuró:

—Yo no sé nada.

—¡Hable más alto! —aulló la señora.

—Yo no sé nada —repitió el muchacho rojo de vergüenza.

—¡Pues si no sabe nada, compañerito, no merece seguir siendo jefe de nada! —y con acentuada cólera lo empujó—. ¡Incorpórese como uno más!

Durante muchos días el niño se sintió triste y desconcertado, no tanto por la degradación como por el desaire de Carla, por el revirón de ojos y por el injusto reproche de la chiquilla: «Casi te vas de lengua». Y Raulito, por puro despecho, sintió por un instante no haber cumplido con su deber.

Fue a esa edad cuando empezó a soñar con los rescates, con las escenas heroicas en las que él y nadie más desafiaba obstáculo tras obstáculo para salvarla de un peligro tan evidente que a ella no le quedaba más remedio que agradecérselo en abundancia.

Pero los cursos escolares pasaron y al final los maestros fueron ejerciendo una mayor influencia sobre la personalidad de aquella criatura de por sí propensa a la obediencia. Llegó a ser un alumno ejemplar, lo que según la propaganda significaba velar por su propia conducta y por la ajena.

En sus sueños de rescate Raulito veía a Carla atrapada por aquel enemigo del que hablaba siempre la radio y la televisión. Al final recibía el aplauso de la mayoría y el deseado gesto de gratitud individual.

Sin embargo, cuando Carla María estuvo en peligro de verdad, aquella mañana oprobiosa en que la directora azuzó a los alumnos, el día en que la golpearon y la escupieron, Raulito sintió la gran frustración de quien no sabe enfrentar en la vida real las proezas que con tanta energía era capaz de realizar en la ficticia. Y sintió, además, la doble frustración de ver a su naciente rival asumir el papel que a él y sólo a él le correspondía. Los sueños se equivocan: suponen que el héroe es aplaudido por la mayoría, pero en aquella circunstancia la hazaña consistía en enfrentarse precisamente a la mayoría. «Las masas no se equivocan», le convino escuchar en algún vocerío, e hizo suyo el lema. Por eso, cuando ya era Raúl y no Raulito, al denunciar a Serafín, podía creer que lo hecho no estaba tan mal.

Nada más un ser en su mundo conocido podía hacerlo dudar. Y esa persona, suma y resumen de sus vacilaciones, apareció cuando él estaba seguro de haberla borrado: Carla María Miranda. Únicamente ella poseía la misteriosa capacidad de obligarlo a mirar el otro lado de las cosas. Por ella y exclusivamente por ella, Raúl desafió a sus superiores, cuyos mandatos empezó a evadir con torpes excusas y terminó por ignorar.

Su obsesión fue entonces encontrar ocasiones para acercarse a Carla, para vigilarla, ya no como celador de la conducta, sino como guardián, como ángel protector que se desviviría por adivinar el hoyo ante su pie. Ella, lejos de sentirse agobiada, agradecía las inesperadas atenciones con cierto rubor, pero sin complacencia y sin intentar siquiera el menor coqueteo. Aun cuando el desborde de atenciones le hiciera sospechar, aun cuando ciertas miradas podían ponerla en alerta, se obligaba a interpretarlo como destellos de ese amor inofensivo que surge entre los seres en desgracia y que muy poco tiene que ver con el juego de la sensualidad y que nada tenía en común con el agitado resplandor que sentía por Serafín, a quien admiraba y de quien veneraba la seguridad en sí mismo y la capacidad de desafío. En Raúl no encontraba nada de eso. Raúl la miraba desde abajo, era una persona derrotada aun cuando estuviera entre los que mandaban, era un pobre tipo cuyos ojos reflejaban una tristeza sumisa de la que antes se burlaba y por la que ahora sentía compasión. Porque ella también se sentía derrotada. Y por eso iba a la deriva y por eso se asió a Serafín como a una última balsa. Sabía que Raúl no podía ofrecer algo semejante porque, sin darse cuenta, era un náufrago más: un náufrago bueno y tonto, que en medio de la tragedia ofrece su espalda semihundida para que se apoyen, pero incapaz de nadar por cuenta propia. Raúl ofrecía el consuelo sin futuro de la solidaridad en desgracia y en el fondo Carla era una bocona a la que habían callado con un temprano tapabocas, y por eso necesitaba a Serafín, que era de los que no se callaban.

Raúl pagó cara su adoración: primero le pidieron que escribiera un informe sobre las opiniones de Carla. No lo hizo. Luego le recomendaron que dejara de frecuentarla. Era la voz de siempre: la de la sangre una vez, la del dinero otras, ahora la del linaje ideológico. Al final le ordenaron que cortara de plano aquella peligrosa amistad. Tampoco obedeció. No fue rebeldía; sencillamente no podía acatar la orden porque estaba insalvablemente enamorado y el amor, ese impertinente de siempre, tiene su propia voz. Porque amar es también lanzarse al vacío y disfrutar con la agónica caída. Por eso y porque Raúl amaba de la única manera que había aprendido a hacer todo lo demás, no fue un acto de rebeldía. Raúl amaba desde la sumisión, postrado ante el objeto de su locura. Se rebeló por obediencia. Le era imposible acatar ambos mandatos. El corazón, veleidoso e imprudente, se impuso a cualquier razón que no fuera la suya.

A Raúl Rodríguez le retiraron el carné de sus antiguos desvelos y más tarde lo expulsaron de la universidad. Eso significaba ser sacado del sistema nacional de enseñanza, para siempre. Ese día comenzó a entender el peligro de que toda la luz manara de un único sol, de que todas las bondades fueran repartidas por un solo benefactor y de que toda el agua, la potable y la envenenada, brotara de la misma fuente. Raúl no tenía adónde acudir. Entonces se fue a casa de Carla. «Esto ha sido por su culpa», se dijo con el puño cerrado.

La propia Carla María abrió la puerta. Se le lanzó al cuello y rompió a llorar. La vio tan irritada que olvidó su propia irritación.

—¡Mira, mira lo que me ha escrito este hijo de puta! —y le extendió bruscamente una hoja minúscula con una letra más minúscula aún.

Era la primera vez en su vida que le escuchaba decir una mala palabra.

¿Qué tal? Ha aparecido nuevamente la oportunidad de enviarte unas líneas. Me dice el mensajero que en esta ocasión podré extenderme un poquito más. No quise indagar, pero parece que han encontrado una manera más limpia de burlar los controles. Mejor ni me entero. Mientras menos se sepa, mejor. «Vista larga y pasos cortos», recomiendan por acá. Como sigo preocupado con la posibilidad de que averigüen el remitente y el destinatario de ésta, te recomiendo tomar las precauciones que hemos acordado. Todo está concebido para que nadie te vea personalmente y de igual manera para que tú no veas a nadie. Esta regla no debe romperse por ninguna razón. Si alguien te llama para que recojas algo, debes rechazarlo tajantemente. Aunque te mueras de curiosidad debes ignorarlo. No caigas en ninguna trampa. Puedes estar completamente segura de que yo no mandaré nada si no es por la vía del hueco. O sea que yo también me cohíbo en bien de una mayor seguridad.

Te extraño. Pero escribir de amor sería egoísta. Aquí todos hablan a los suyos con palabras prestadas, recurriendo a los afectos sin generosidad, para no sentirse tan abandonados. Yo también hice algo similar en la carta anterior y por eso ahora no quiero seguir alimentando ilusiones oportunistas.

He renunciado a la posibilidad de ser feliz. Suena a bolero, pero así es. Creo tener otra misión en la vida y esa misión no admite dependencias: este es un sacerdocio que me he impuesto, siempre lo presentí, pero es ahora cuando ha llegado el momento y necesito ser fuerte para enfrentarlo. Debo estar solo. Además, me parece una grosería intentar ser feliz en medio de la infelicidad que nos rodea: formamos parte de un todo y si ese todo anda mal es imposible procurar estar bien por cuenta propia. Por ese camino se va a la alienación y yo no nací para eso. Cada cual escoge su destino y nada de lo que me ocurre hoy es producto del azar ni de la mala suerte. Soy en el fondo un provocador y estoy aquí porque aquí creo cumplir un papel más importante que en la complicidad de afuera. Sufro, no lo niego, pero en lo más profundo de mi espíritu estoy orgulloso de mi sufrimiento. ¿No sé si me entiendes? Espero que sí.

Por otra parte, no tengo derecho a transmitir mis frustraciones a nadie. Menos aún a intentar sostener una relación en condiciones semejantes.

Piensa en el hecho simple e infranqueable de que los reglamentos te prohíben visitarme y piensa, además, que no sabemos cuánto durará esta locura. Cumpliré solo. A nadie debo atar. Sé libre por mí. Toma esta decisión como mi mayor prueba de amor.

No intentes contestarme. Recuerda que este correo nada más funciona de adentro hacia afuera. No mandes nada por los canales regulares porque lo leen todo y, como ya sabemos, se pasan la vida buscando una palabra de más o incluso de menos. Rompe estos papeles inmediatamente. También debes dar por rota nuestra relación.

Te voy a contestar. Me pides que no lo haga, pero no puedo quedarme callada. Aunque no te mande nunca la carta, voy a escribir lo que tengo ganas de decirte ahora mismo en la cara. Me voy a desahogar. A fin de cuentas te estoy imitando. ¿No te has pasado tú la vida escribiendo a sabiendas de que en este país no tendrías la más mínima oportunidad de publicar una letra? ¿No has escrito siempre tus opiniones a pesar de los riesgos? ¿No escribías para guardar en la gaveta, por puro desahogo? Pues yo también tengo derecho a tomar mis riesgos y a poner mi seguridad en peligro. Esa es mi cuota de heroísmo. A mi manera, como en la canción.

Tu carta es una cobardía. Por mucho que te disfraces de redentor no me engañas, te conozco bien. ¡Ese cuento de que me quieres cuidar se lo haces a otra! ¡Me lo sé de memoria! ¿Lo de la Flaca fue también para cuidarme? Además, ¿cómo puedes decir que me extrañas y a renglón seguido calificar el amor de egoísta? Piénsalo bien, Serafín, aquí el único egoísta eres tú, piénsalo dos veces. Estás enfermo de trascendencia. Cada cosa que haces, cada palabra que dices, cada oración que escribes es para la posteridad. Tu vida se ha vuelto una pose. Te la pasas posando para la foto del *Larousse.* Te conozco.

Le tienes miedo al amor. Siempre le has tenido miedo al amor. Las relaciones son complicadas, lo sé, crean compromisos, responsabilidades, ¡y si aparece un hijo! Todo se va al demonio. El futuro se trunca: los sueños de grandeza, las aspiraciones... ustedes viven muy preocupados por esas vanidades. ¡Sí, porque son vanidades! Mucho más que pintarse las uñas o menear las caderas. Y yo me pregunto: ¿pero no se darán cuenta de que bajo este sistema nada de eso tiene sentido? ¡Pero hay que vivir, claro! ¡Hay que seguir! ¿No es así?

Te crees diferente, pero eres igual a todos, sólo que te gusta provocar y eso te pierde. No sabes callarte.

Digo que te conozco bien, pero tal vez no sea así. Hay muchas cosas que nunca he entendido del todo. Eso también es cierto. A veces me confundes: cuando creo que eres tierno y sensible, cuando pienso que toda esa emoción desbordada va a ser para siempre. Entonces te vas, te vas aunque te quedes, te ausentas aunque camines a mi lado, te sumerges en ese mundo de fantasías en el que nunca me has dado cabida y en el que siempre sospeché ser un estorbo. Tu carta de hoy confirma mi sospecha.

Siempre descuidaste los detalles. ¡Claro! ¡Tenías asuntos más importantes en tu cabeza! Yo, en cambio, amo los detalles. Ellos son los que ponen color a una relación. ¡Como el primer beso! Me gusta recordar ese primer beso; luego los hubo mejores, pero esas son historias repetibles. Nunca puedes volver a besar por primera vez. ¡Yo no sé cómo hay quien olvida algo así! Entre nosotros, fue divertido. ¡Éramos unos chiquillos! ¿Te acuerdas?

Mi madre andaba como loca buscando un pastel para el cumpleaños de mi hermana. Mi hermanita Begoña. La Bego había venido a complicarlo todo. Nació cuando nadie la esperaba. Mis padres, buscando una salida, haciendo mil gestiones en la embajada española, enarbolando su ascendencia de forma desesperada y mi hermanita llegando como para aclarar definitivamente que «de aquí no se movía nadie». Nos bajó de la nube. La Bego se incorporó de tal modo al sistema, que cuando comenzó el colegio ya se sabía todas las consignas, cada una de las marchas y de los himnos. ¡Un pequeño monstruo que repitió en la casa, desde el primer día, cuanta basura le enseñaron en el colegio! ¡La niña más extrovertida del mundo! ¡La más parlanchina! A lo mejor así era yo. Ya ni me acuerdo. Nadie se atrevía a llamarle la atención. «Mejor así... que no le hagan nunca lo que a nuestra Carla», le escuché a mi padre. ¡Y yo me moría de horror al ver a mi hermana convertida en un robot, en una máquina programada para alabar el gobierno en cada frase, en cada canción, en cada juego! «Pioneros por el comunismo, seremos como el Che», y con el brazo hacía el saludo fascista que le enseñaron los maestros. ¡Ni yo me atrevía a decir algo a mi locuaz hermanita porque tenía la certeza de que me delataría!

A mi madre, la Bego la enloquecía, se desvivía por ella. La niña se daba cuenta y sacaba provecho. «¿Por qué nunca me celebran el cumpleaños con todos los amiguitos?» Y mi infeliz madre no se atrevió a explicarle que en el barrio éramos unos apestados, «los gusanos de la cuadra», que probablemente nadie aceptaría la invitación. Tampoco tuvo ánimos para ponerse a explicar las otras dificultades: ¿dónde conseguir los dulces?, ¿cómo empatarse con una piñata?, ¿de dónde sacar un vestidito decente o un par de zapaticos de rosa?, y ¿el cake?, ¿en qué pastelería y a qué precio?

Ese fue su mayor tormento: el dichoso pastel de cumpleaños no aparecía por ninguna parte. Según el sistema nacional de racionamiento, los niños tienen derecho a comprar un cake una vez al año, el día de su cumple y sólo hasta los seis. Había que apuntarse en la lista, pero como los encargos estaban atrasados, podía tocarte el turno seis o siete meses después de la fecha. ¡Así no se podía planificar nada! En algunos municipios la lista tenía más de un año de atraso, por lo que al cerrarse el ciclo perdías el derecho, y así sucesivamente.

—Nada de dulces por acumulación —se mofó la dependiente—. No hay dulces para todos.

Nuestro primer beso estuvo tan ligado a ese pastel que no pudo ser otra cosa que «el más dulce de los besos».

Mi madre menospreció a su hijita menor. La niña salió a vocear la fiesta por el barrio. ¡Y estaba clara la disposición de la mayoría a asistir a donde, al parecer, habría hasta dulces! En casos así la política se podía echar a un lado. Pero el dichoso pastel no aparecía y mi madre estaba a punto de enloquecer. Angelino, el dulcero, tuvo una idea. Pidió que le consiguieran 30 huevos. Toda una misión. Pero el tesón y unos guajiros amigos la hicieron posible. Angelino batió las claras e hizo merengue, le dejó caer unas gotas de rojo aseptil. O ¿era mercurio cromo? No sé. Para los varones recuerdo que se usaba azul de metileno. Angelino, el dulcero salvador, logró un rosado cremita precioso. Fabricó tres moldes de cartón de diferentes tamaños, los puso uno sobre otro, de mayor a menor, y los cubrió con su merengue mágico. ¡Tremendo truco! Merengue por fuera y cartón por dentro. ¡Ya la niña tendría su pastel de cumpleaños! ¡Qué locura!

Los preparativos para la dichosa fiesta habían dislocado la casa de tal manera que tú y yo empezamos a tomarnos ciertas libertades. Nadie reparaba en nosotros. Nos encerramos en el cuarto del fondo y me tomaste por la cintura, pero yo, a punto de ser besada, me solté, abrí la puerta y salí corriendo.

El pastel de tres pisos fue la sensación de la fiesta. La gente lo miraba con los ojos muy abiertos. Cuando la Bego sopló las velitas, las bocas se hicieron agua, esperando «el pique». Pero nada sucedió. A cargo de mi padre estuvo la difícil tarea de escoltar la torta, para que nadie, niño o adulto, metiera el dedo y descubriera debajo del merengue, el cartón delator. El remedio fue peor que la enfermedad. Terminada la fiesta nadie se iba ni parecía tener intenciones de hacerlo hasta que no se picara el cake. La mesa fue declarada en estado de sitio. Como todos estaban concentrados de una forma u otra en el dichoso dulce, pudimos hacer sin que nos regañaran varias cosas: tomar aguardiente, mezclarlo con cerveza, servirnos del ponche que papi preparó y meternos en mi cuarto sin ser vistos. Yo tenía deseos de cantar a toda voz, pero tú me tapaste la boca y yo me eché a reír sin parar. «Si no me dejas, entonces bailo». Los tragos ayudaron, ¡sin duda que ayudaron! Por un momento volví a ser alegre y desenvuelta. Perdí el pudor y cuando vine a ver ya estaba casi desnuda. Tenía catorce años y dos meses. Tenía los senos firmes y sin estrenar, los pezones orgullosos e inquietos, la cintura tan estrecha que daba la impresión de tener más caderas de las que en verdad tenía, las nalgas duras y belicosas y el ombligo perfecto. Yo lo sabía. Me miraba sin ropa en el espejo antes de bañarme, me revisaba y el tacto me devolvía una piel segura y brillante, lisa y jugosa. Soy más bella que el promedio. Lo sé y me gusta. Podrán humillarme, convertirme en una marginada, escudarse tras la política para cortarme las alas, pero todas se mueren de envidia, se sienten inseguras ante mí, aprietan la mano a sus enamorados cuando yo aparezco y aceleran el paso. En el fondo me tienen miedo. Los muchachos me miran con ansiedad, cuchichean entre ellos y trazan estrategias de conquista. Los hombres maduros me han devorado siempre con la vista, me levantan el vestido con los ojos. Yo he sentido mil veces sus miradas pegadas a mi piel. Se desquician, pero pocos, en verdad, se atreven a abordarme. Hay ciertos modos de la belleza femenina que frenan a los hombres, me he dado cuenta.

La imaginación es otra cosa, muchos soñarían conmigo, me daba gusto pensarlo, muchos que yo sé, habrían dado (y dan) lo que no tenían por verme así, semidesnuda y algo borracha frente a ellos, como estaba yo aquel día ante ti. Aquel día en que pudiste haber hecho conmigo lo que quisieras: terminar de desvestirme, besar mis senos como mínimo y lanzarme a la cama, abrir mis piernas y mandar mi virginidad al demonio. Podías haberlo hecho. Yo lo quería. Pero tú te fuiste acercando lentamente, muerto de risa, me arrinconaste hasta pegar mi espalda a la pared. Pudiste abrazarme, tocar mis pechos, manosear mis nalgas, lo que hubieras querido. Pero tú, sin tocar un centímetro de mi cuerpo, de ese regalo fresco que era mi cuerpo ese día, con las manos apoyadas en la pared, a ambos lados de mi cabeza, sin rozar tu piel contra la mía, te inclinaste y me diste un beso.

Fue un beso largo, suavecito, tierno como no volvió a haber ninguno. Respirábamos uno del otro, confundiendo los alientos. No sé cuánto duró, pero sentí mareos, los muslos húmedos y las piernas flojas. ¡Fue suficiente un beso para ver las estrellas!

Te alejaste igual de despacio, quitaste el cerrojo y antes de salir del cuarto me ordenaste: «¡Vístete!».

¡Me volví loca por ti! ¡Te creí el más hombre, el más sabio, el más fuerte, el más bueno! Ahora sé que fue miedo, lo disimulaste bien, pero te morías de miedo. Eras tan inexperto como fanfarrón y no tenías la menor idea de qué hacer con un cuerpo de mujer. En realidad saliste huyendo. Fue mejor así, nos dio tiempo, nos acercó más, nos hizo cómplices ¡y yo guardé para siempre la dulzura y el temblor de nuestro primer beso, su inocencia culpable, su castidad y su efervescencia!

Mi madre había creído que la fiesta de cumpleaños serviría para hacer las paces con el vecindario. Ni por un segundo se le ocurrió pensar que las cosas podían salir al revés. ¡Hay quien no aprende de los golpes! Mi madre es una de esas personas. ¡La pobre!

Los invitados se fueron echando pestes: «Son unos tacaños, no picaron el cake» «¡Viste, viste!» «¡Tanta mierda con la fiesta...!» «¡Yo te lo dije, que no debíamos venir!» «¡Ojalá les caiga mal!» «Deberíamos denunciarlos». «¡Claro que sí!» «¡La mitad de lo que había ahí era bolsa negra!» «¡Y con el hambre que yo tenía!» «¿Cuánto tiempo hace que no comemos un buen pedazo de dulce?... Se veía rico...»

Evitando el ridículo, lo hicieron. Cuando se vinieron a dar cuenta ya el mal estaba hecho. A mí, de todo aquello, me quedó el sabor de tus labios en la boca y el deseo de llegar a mañana para volver a ellos.

Ahora que recuerdo estas cosas, me doy cuenta de cuánto se puede ser feliz en medio de la desgracia. Por eso me desconcierta esa frase de tu carta en la que dices que «escribir de amor sería egoísta». Y ¿entonces de qué escribimos? ¿De qué hablamos?… ¿Qué quieres? ¿Que sigamos alimentando el odio y la desconfianza? A lo mejor estás en lo cierto. ¡No puedo creer que hayas llegado a esos niveles de cinismo! ¿Nada de amor? Quiero entenderte. ¡Te juro que quiero entenderte! A ver… sí… a lo mejor tenemos la boca llena de demasiadas palabras bonitas y ese lenguaje no se corresponde con la realidad. ¡Demasiadas flores en la boca atragantan, terminan por no saber ni oler a nada! ¿Es eso? No. No te creo. ¡Eres tú el egoísta! ¡El egoísta eres tú! ¡Porque yo no te pedí escribir de amor! ¡Yo quiero vivir con amor, sin abrir la boca, sin escribir una letra, sin necesidad de proclamar a toda voz cuánto nos alegramos o cuánto sufrimos!

¿Cómo te atreves a hablar de palabras prestadas? ¿A quién pediste las tuyas? ¿Generosidad? Si de verdad quisieras ser generoso, pensarías menos en ti y en ese sacerdocio que dices haberte impuesto. ¡Mentira! Lo que pasa es que tienes miedo, ¡igual que aquel día en que creí que me besabas para respetar mi honra! ¿Así se decía antes? ¿No? Miedo, el mismo que todos compartimos y, a veces, para enredar más la situación, repartimos.

Dices que has renunciado a ser feliz. ¿Cómo puedes ser tan picúo? Tú mismo te delatas, cuando a renglón seguido aclaras que «suena a bolero». Suena no… es un bolero. Desafinado y de cantina. La carta entera suena a bolero, a tango antiguo, a tipo que se complace con la pena, que exhibe el sufrimiento como una rara presea.

Si no te conociera tan bien, hasta habría llorado con la carta. ¡Menos mal que me voy curando de espanto! La peor de las malas frases de esa carta que no puedo creer que hayas tenido la desvergüenza de mandarme, es la de que te «parece una grosería intentar ser feliz en medio de la infelicidad que nos rodea». ¿Te tengo que creer? ¿Qué me estás insinuando? ¿Que yo soy un monstruo por querer ser feliz a pesar de la infelicidad colectiva? ¡Pues debes saber que mientras más dolor veo a mi alrededor, más ganas tengo de luchar por mi felicidad! ¡Por las cosas que amo y que quieren destruir o han destruido! No puedo creerte porque lo que me dices va contra la naturaleza humana... porque simplemente no me lo trago. Debes estar muy confundido. Mira, te voy a decir lo que pienso.

Has roto conmigo por comodidad. Porque te es más cómodo deshacerte de mí, porque tu aventura redentora te interesa más, porque tu papel de elegido, tu sino, tu ruta marcada y el cumplimiento de lo que piensas que es tu destino manifiesto te interesa más que el amor sencillo y cotidiano al que te condenarías si al ser puesto en libertad descubres que te he sido fiel, que estoy aquí esperándote, con el alma abierta de par en par y el corazón elegantemente vestido para la ocasión. ¡Demasiado compromiso para quien quiere jugar a ser prócer! Pero, ¿sabes una cosa? Eso es lo que ellos quieren: obligarte a zafar las amarras, dejarte a la deriva. Alejarte de cuanto puedas querer y respetar. Y ¿luego qué pasará? Te convertirás en un paria dentro de tu propio cuerpo. Cuando te quedes solo, serás más vulnerable, no más fuerte, como crees tú. ¡Podrán hacer contigo lo que les venga en gana y nadie protestará! Se sentirán moralmente superiores y ya no necesitarán mover un dedo para destruirte porque tú mismo cavarás el foso y te lanzarás a él. «Quisimos ayudarlo», dirán con sorna, «pero él no se dejó».

El amor es lo que nos salva, la fidelidad a los nuestros, la mano abierta en los momentos de peligro. Como aquel día en que, sin darnos cuenta, sin malicia ni premeditación, terminamos haciéndolo. ¡Nos tomó tanto llegar a ese punto!

¡Fuimos tan felices que no puedo imaginar que en nombre de causa alguna renuncies a seguir peleando por nosotros, por lo que nuestra relación ha significado! Recuerdo porque recordar es ser fiel. Olvidar es traicionar. Yo no puedo, no quiero olvidar un solo detalle. Para los hombres tal vez sea distinto, pero para nosotras no.

¡Y no creas que no tuve mis momentos de debilidad! ¡No pienses que siempre me ha sido fácil serte fiel! ¡Tentaciones me han sobrado! ¡Oportunidades, ni se diga! Como aquellas vacaciones en que mi primo hermano Juan Carlos vino de Camagüey a pasarse unas semanas en la casa. Te acuerdas, ¿verdad? Sé que te acuerdas porque a pesar del esfuerzo que hiciste y a pesar de que tuviste la entereza de no emitir una queja, los celos se te salían como humo por las orejas. Yo también tuve la delicadeza de no darte motivos, de actuar con madurez. ¡Pero no fue fácil! Es hora de enterarte. Como me dijo una vecina: «Oye, chica, por ahí hay un montón de tipos que están buenos, pero tu primo se pasó… está riquísimo». Era verdad, aquel primo mío era una tentación de la que yo no me libraba. Tenerlo dentro de la casa resultaba una complicación. Varias veces, la casualidad nos dejó solos y no fue fácil.

Le encantaba andar sin camisa. Con el pretexto de la playa, de su cercanía, se la pasaba exhibiendo aquel cuerpo de mármol, y su abdomen de estatua griega. ¿Quién dice que a las mujeres no nos interesa el cuerpo de los hombres? ¡Sobre todo a las quiceañeras! «El hombre es como el oso, mientras más feo más hermoso». La que inventó ese refrán no conoció a mi primo Juanca. ¡Con esas pestañas larguísimas y esos…!

Varias veces me arrinconó con algo más que insinuaciones, hasta aquel día en la playa de Guanabo, ¡yo me quedé espantada! ¡No lo podía creer! «¡Se lo voy a decir a mi papá!», pero mentira, nunca dije nada. ¿Cómo demonios contar algo semejante? La vida de un adolescente es mucho más complicada de lo que muchos piensan. El sexo entra vertiginosamente en escena y uno no sabe qué hacer con esa explosión glandular que convierte los más nimios detalles en juegos eróticos. Los contornos de cualquier objeto, los olores, la textura de las cosas, los movimientos de unos músculos, la lluvia sobre la piel, cuanto en la niñez había sido juego o descubrimiento, adquiere en la adolescencia una connotación erótica antes insospechada. De repente, en una tarde de jugar a las muñecas, descubrimos que aquel niño impertinente, el del tercer balcón, el pesado que siempre tiraba piedras, tiene una sonrisa perturbadora y unos ojos muy negros: de un negro intensamente azul. Así se empieza. Y a partir de ese momento el mundo cambia, todo gira alrededor de «ellos». Yo te amaba desde niña, pero debo confesar que nunca había sentido esa inquietud en el vientre que mi primo hermano provocó. Cuando el cumpleaños de la Bego me desnudé para ti (discúlpame la sinceridad), gracias a que el primo me había puesto antes la cabeza a millón. Las cosas no ocurren nunca «así porque sí». Esa tarde en Guanabo fue definitiva. Lo que él me hizo fue una frescura de tal magnitud que yo no tenía forma de denunciarlo sin pasar una vergüenza gigantesca. Te cuento todo esto para mortificarte, es verdad, o tal vez porque sé que jamás enviaré la carta, que nunca la leerás o porque quiero que te enteres de que mi fidelidad hacia ti ha sido un acto consciente. ¡No soy una niña tonta, enamorada porque hay que estar enamorada! La fidelidad es entre todas las cosas un acto de disciplina, una expresión de fe en el otro. ¡Y de ese otro no esperamos menos que la reciprocidad total! La vida es demasiado difícil para atravesarla sin compañía y el amor es una invitación a compartir los placeres y los riesgos. ¿Si no para qué? ¡Tú me has fallado en el momento en que más me necesitas! Sí, leíste bien: ¡en el momento en que más *me* necesitas! Porque al no compartir el peligro me despojas de muchas cosas. Descubro con ello tu poca fe en mí.

Tú juegas con las palabras, con su sonoridad, su ritmo o su peso. Yo juego con su sentido, no me importa cómo suenen si lo que dicen tiene lógica. Tú puedes hacer una oración sin verbo, yo no podría. A todos los que desean ser algo les debe suceder igual. Yo no quiero ser nada. Puedo hablar con cierta propiedad, ser menos chusma que el promedio, pero eso no significa nada. Tú posas de intelectual y si en este cabrón país hubiera más de un partido ya te habrías postulado y aspirado al aplauso y al reconocimiento público y a todo eso que esta sociedad cerrada te niega hoy. Mis aspiraciones son más mundanas. ¡Y no por ser mujer! Lo que pasa es que no puedo con tanta vanidad.

Te estoy descargando, me doy cuenta. Ya te lo dije: necesito desahogarme. Voy escribiendo de corrido, sin revisar por un segundo la oración anterior. No me interesa. ¿No era esa espontaneidad absoluta lo que querían los surrealistas?... No es nada, es que me vino a la mente aquella tarde en que me aburriste con el tema del automatismo y me leíste el manifiesto de Bretón y «sus muchachos», así los llamabas, como si de verdad fueran amigos tuyos. Nunca comprendí el interés que has tenido en esas historias distantes, esas aventuras intelectuales tan alejadas de nuestra pueril y pobretona realidad. ¡Qué diablos me importan a mí las angustias existenciales de esos europeos excéntricos! «Todo nos viene de allá», me repetías con tu pedante tono de profesor rural. «Europa nos engendró. ¿De dónde son tus padres? ¿De dónde mis abuelos?» Pero cuando me hablabas así yo me sentía más cubana que las palmas y toda esa verborrea sobre nuestros antepasados se me antojaba lejana y mentirosa. Cada uno de nosotros carga sus propias contradicciones y no hay manera de pedirlas prestadas porque así es la realidad... O ¿tú no lo crees?

Mi primito era candela. No tenía ninguna de tus inquietudes. Hay gente que nace con una picardía que los pierde. Tú y yo éramos otra cosa. Había inocencia. Al menos eso creía yo.

Todavía lo creo. Ese gran lío en que andas metido es, a todas luces, una muestra de inocencia. No es un gesto sublime de rebeldía, como piensas, es una prueba de tu candidez.

Me da gracia eso de que «cada cual escoge su destino» y de que «nada de lo que me ocurre es producto del azar o de la mala suerte». ¡Cómo te engañas! ¡Nadie escoge el peor de los destinos! No tengo modo de creerte. Por mucho que reescribas los hechos, la verdad simple es que no esperabas semejante golpe. Es cierto que eres un provocador, como te jactas, pero los audaces confían en la suerte, son en el fondo gente ingenua que va al matadero convencida de que sobrevivirán donde los demás no. Detrás de cada héroe hay un irresponsable, un imprudente.

Al primo no le gustaban los problemas, rehuía los conflictos, las únicas audacias que se permitía eran de carácter sexual. ¡Cómo lo que me hizo a mí! No era capaz de meterse en problemas por abstracciones, como tú, pero por un par de buenas piernas lo arriesgaba todo.

Yo creía detestar la chusmería, las actitudes grotescas y demasiado obvias, pero la vida siempre te sorprende y, de noche, sin poder evitarlo, tenía sueños increíblemente vulgares, y mi cuerpo, lejos de rebelarse, se complacía. ¡Pero lo peor era cuando soñaba despierta y mezclaba tu rostro para tratar de borrar el suyo! Terminaba masturbándome a costa de los dos. ¡Sí, leíste bien! ¿Te asombra mi desfachatez? ¿Me desconoces? Ustedes desconocen muchas cosas de nosotras.

Aquel día en Guanabo el primo se pasó de listo. No me esperaba un ataque así. En un principio todo iba bien. Normal. Llegamos a la playa, nos bañamos, almorzamos con tío Luis y nos tiramos a dormir la siesta. ¡No hay como la siesta junto al mar! Los viejos poetas cubanos que tú admiras nada más concebían la siesta en el campo, bajo la sombra de un árbol, enroscados en una hamaca, escuchando el canto de los pájaros y disfrutando la brisa con olor a caña. Es la típica postal campesina. Mi padre tenía un cuadro así: lo pintó uno de sus amigos de la época bohemia. A los amigos de mi padre les gustaba inspirarse en el paisaje rural, ninguno de ellos era campesino, pero ese era el tema, el mundo urbano les parecía poco romántico, poco apropiado para el arte. ¡Y eso que cuando aquello la ciudad era una maravilla! Ahora que está hecha un desastre es cuando empiezan a retratarla. ¡Yo no entiendo nada! ¡Como no entiendo que en una isla con un mar tan espectacular, con unas playas tan azules (¿no es el azul color de los poetas?) y una arena tan blanca, los amigos de mi padre no hayan pintado una sola marina y se hayan metido tierra adentro a buscar inspiración en un mundo que les era ajeno! ¡Hasta mi mamá se dejó pintar de campesina, con un pañuelo ridículo en la cabeza, en aquel lienzo que le confiscaron a la familia sin ninguna razón!

¡A mí el mar me arrebata! ¡No hay como la siesta junto a él! Sobre todo en la tarde, cuando la brisa trae ese olor a salitre que no admite comparación y las olas componen una música superior al «arrullo de las palmas». Lo que pasa es que el más grande de los poetas cubanos había dicho: «el arroyo de la sierra me complace más que el mar» y todos salieron tras él a venerar el bohío, y el canto de los pájaros y la manigua y se olvidaron del océano, de lo mucho que significa para nosotros, de cuanto nos regala y de cuanto nos quita. ¡Por eso nunca podría vivir en una ciudad sin costas!

Aquella tarde la brisa olía a siesta, pero yo no tenía deseos de reposar. Mi primo se dio cuenta y se aprovechó. «Vamos al puente de madera». Él me había escuchado pedirle a mi padre permiso para ir hasta aquel puente de aires románticos que vimos por la carretera antes de entrar a Guanabo y esperó con una paciencia malsana el momento oportuno. «Yo la acompaño, tío, no se preocupe, estará bien cuidada». Y mi pobre padre dio el permiso como si fuera una orden. «Vayan, pero no se tiren de la pasarela». Salimos caminando y llegamos a la rotonda, bordeamos la escuela de natación y cruzamos por un pasillo lateral para continuar por la arena. El puente, visto de cerca, no era nada del otro mundo y el agua estaba demasiado baja para bañarse. Caminamos muchísimo, llegamos hasta Boca Ciega y allí estuvimos nadando un buen rato. Mi primo me miraba, no decía palabra, se movía lentamente, taimado como un felino en plena cacería; pero yo estaba alerta y no le di pie para el más mínimo ataque. Sin embargo, no podía evitar mirarlo de reojo. Era hermoso mi primo, era hermoso el mar, me daban ganas... pero pensé en ti, Serafín. Y me convertí en la joven más esquiva del mundo. Cuando regresamos a la casa, un dúplex con terraza que habían alquilado entre papi y tío Luis, estaban jugando dominó y la Bego dando una perreta porque nuestra madre no la dejaba ir al agua hasta pasadas las tres horas de la digestión. Subí al segundo piso y pasé al baño para quitarme la sal con una buena ducha de agua dulce. Iba a poner el pestillo y desnudarme cuando el primo abrió la puerta y entró con el dedo índice en los labios pidiendo silencio.

—¡Juan Carlos!

—Habla bajito...

—¡Sal de aquí!

—No te voy a hacer nada.

—¡Te dije que salieras!

—Habla bajito, coño...

—¡Si no sales ahora mismo, empiezo a gritar!

—Si gritas, tu papá se va a enterar.

Y yo cogí miedo al escándalo y a las explicaciones que tendría que dar y a las acusaciones a que me vería obligada y a la bronca entre familias y a la vergüenza infinita y a lo que dirías tú si te lo contaban luego. Así que me callé la boca y el avispado primito pasó el cerrojo.

Era un baño estrecho con un lavamanos de pie, un inodoro antiguo, una bañadera mínima y una ventana más pequeña aún. Abrió la llave de la ducha y cerró la cortina.

—Es para que si alguien llama digas que te estás bañando.

Con la cortina cerrada el espacio se reducía al punto de que casi nos tocábamos. Pensé que se aprovecharía de la situación para besarme, pero eso era lo que yo deseaba. Él tenía otros propósitos. Imaginé entonces que me desnudaría, pero se echó hacia atrás, recostó la espalda a la pared, me sonrió con picardía y se encueró él. Yo viré la cara por instinto y agarrándome con su mano izquierda me obligó a mirar. ¡Dios mío! ¡Yo no había visto antes algo así! ¡Bueno, yo no había visto nada! De chiquita, espié por una ventana a dos niños que jugaban a «quién orina más lejos», se habían dejado caer los pantalones hasta las rodillas y vi sus tiernas partecitas. Nada de temer, unas carnes pequeñas que había que esforzarse para no perderlas de vista. Aquella visión ridícula no me produjo inquietud alguna ni pensé más en ella. Pero ahora, lo que tenía delante era distinto. Otra vez volteé el rostro y otra vez me obligó a mirar.

La tenía parada. Aquel músculo erguido inspiraba respeto. Se veía duro, nervioso y sobre todo grande. ¡Mucho más grande de lo que imaginé jamás! Aquellos pipicitos infantiles eran blancos y tiernos, lo que tenía ante mí era una carne oscura que contrastaba con el resto de la piel. Los niños no tienen pelos en sus partes y esto parecía la melena altiva de un león. No había pensado en ese detalle. Vi que tenía un lunar redondo muy cerca de donde empieza la cabeza y una vena gruesa que latía enfurecida. Se echó el pellejo hacía atrás. Pensé que me mandaría agachar y me la metería sin piedad, creí que me tocaría los senos y me los chuparía y me agarraría de la cintura. ¡Una se imagina tantas cosas cuando no sabe! Fantasías que no tienen nada que ver con la realidad y que a la larga resultan ingenuas. Imaginé un montón de locuras, pero él no me tocó. Siguió jugando con aquello, enseñándome la cabeza roja e inflamada, con ese orificio que me miraba ansioso, cíclope lujurioso y sin cerebro, encapuchado que se cubría y descubría cada vez más rápido. Mis temores fueron infundados, repito que no me tocó, fue toda una exhibición, se masturbó silenciosamente, «se hizo la paja», incluso con los ojos cerrados, no quería verme, no necesitaba mi cuerpo para inspirarse o calentarse, simplemente quería que lo vieran, era eso lo que lo excitaba. De alguna manera resultaba humillante.

Yo me entretuve admirando cómo se le movían los músculos del abdomen, como tensaba las piernas, y sobre todo, cómo se le mecían los testículos. ¡Era increíble! Aquellos huevos, incluso contraídos, parecían dos maracas. Daban tumbos de un lado a otro de tal manera que terminaron por hacerme reír.

Yo sentí de todo menos deseos carnales. Sentí curiosidad y miedo, sentí que vivía una de esas minúsculas aventuras en las que se traspasa el mundo de lo prohibido y casi al final me habría echado a reír abiertamente, a carcajadas, de no ser por ese chorro de leche que estuvo a punto de alcanzarme y que me sorprendió de modo incomprensible. ¿Qué esperaba yo? ¿Cómo imaginaba que iba a terminar aquello? No lo sé, pero el esperma me agarró desprevenida. Un buen rato después, aún le colgaba una baba de la punta y aún estaba con los ojos cerrados, la cabeza hacia arriba (la de él, no la de aquello) y jadeando como un perro. Me dio asco. Agradecí haberme apartado a tiempo, y ya sin temor de ninguna clase descorrí el cerrojo, abrí la puerta y salí del baño.

Es verdad que sentí repulsión, por eso no me preparé para lo que vendría después. Mi primo regresó a su casa en Camagüey y luego lo cogió el servicio militar, lo mandaron a Angola y por allá anda todavía. No lo he visto desde aquel inolvidable verano. En el fondo me alegro; no creo que hubiera resistido un segundo encuentro, sobre todo con lo que me empezó a suceder.

Creía, ya te lo dije, que el rechazo a la vulgaridad me salvaba. Vivimos para salvarnos. Dentro de unos años, los que quedemos vamos a ser sobrevivientes, lo presiento, no sé de qué ni para qué, pero no creo que logremos recuperarnos. Estamos en los setenta, dicen que allá afuera es la modernidad, pero aquí no nos hemos enterado todavía o tal vez los de allá afuera piensen que la modernidad somos nosotros, no sé, estamos tan aislados. ¿Cómo será en el 2000? Ni me lo imagino, eso está tan lejos, en fin…

Me imaginé impermeable, pero la vulgaridad lo penetra todo. Tiene su gracia. Cuando no hay puntos de referencia se pierde la perspectiva. Hemos caído tan bajo que la más normal de las conductas termina por parecer una exquisitez. Y en cuestiones de la carne uno se estimula con lo que menos pensaba. ¡Es la verdad! ¿Qué quieres que te diga?

En fin, que comencé a tener sueños eróticos. El incidente (de algún modo hay que llamarlo) con el primo en Guanabo se repitió mil veces en mi cabeza. De nuevo la misma situación, de nuevo en el baño, otra vez su desnudez cortándome el aliento, y otra vez aquel músculo grande y de acero y aquellos testículos que yo trataba de espantar como a una visión maldita y que a pesar de todo esfuerzo me cercaba de noche y de día. Lo curioso es que el pudor y la repulsión habían desaparecido misteriosamente.

Los sueños son atrevidos: hice en ellos lo que en la vida no. La primera noche él me obligó a tocarlo, a cogerle el rabo con la mano y yo me desperté pero seguí con los ojos abiertos palpando entre sus piernas y me hice un ovillo entre las sábanas y cuando vine a ver ya me estaba frotando. Después no hizo falta la noche. Cada vez, en mi imaginación, el primo era más atrevido. Siempre en el mismo cuarto de baño... yo trataba de sacar el sueño de allí, de colocar los hechos en un lugar más agradable, en un jardín con flores o algo así, pero la mente, empecinada, nos volvía a meter en el mismo rincón que la realidad parecía reclamar. Te decía que cada vez el primo era más atrevido y cochino. Me desnudaba sin piedad, me la pasaba por la cara, me la metía en la boca, me embarraba con aquella leche espesa que tanto asco me había provocado en la vida real y que ahora yo bebía con avidez de ternera. No sabía que pudiera sentir placer con tanta grosería y lo peor es que no tenía idea de que yo solita podía inventar todo aquello. ¡Sí, solita! Porque eran cosas tremendas que no había visto nunca, que forman parte de nuestra realidad sin que nos demos cuenta. A lo mejor, «allá afuera», eso lo tengan adelantado, pero aquí la pornografía está prohibida, no hay revistas, ni películas, ni nada. ¡Total! ¿De qué ha servido ese puritanismo hipócrita? Las niñas somos buenas… ¡mentira! Ya llegará el día en que nos quitemos la careta.

El realismo de las fantasías iba aumentando por días. Me veía penetrada de un modo tal que me volvía loca. Estuve a un paso de meterme algo yo misma, no sé, cualquier objeto, pero me contuve por miedo. Una cosa era lo que sucediera en mi imaginación y otra en la vida real.

Te busqué desesperada. Tienes que haberlo notado. Tú me salvarías una vez más. En el cumpleaños de mi hermana estaba menos borracha de lo que imaginaste. Me sentía una puta, pero no podía aguantarme. Sin embargo, agradezco aquel beso y aquel pudor con que renunciaste al regalo que era yo en ese momento. ¡Te lo agradezco, de verdad, chico! Me devolviste a la realidad, me sacaste de la lujuria y me trajiste de nuevo al amor. Y fue una etapa hermosa, en la que empezamos desde el principio, que es como debe ser. Me sentí cortejada y dignificada. ¡Y juré que serías el único hombre de mi vida! ¡Que nadie más, pasara lo que pasara, me pondría un dedo encima! Hoy estoy escribiendo esta carta enloquecida para decirte que voy a romper ese juramento. Estaba buscando el modo de decirlo sin decirlo, pero me pierdo, no encuentro la manera y he terminado hablando de más, es decir, hablándome a mí misma.

Hice mil juramentos sobre mi fidelidad, pero di la tuya por descontada. Fue un error, ahora lo sé. Me siento despechada, abandonada, en realidad no sé qué término emplear. ¡Te perdoné lo de la Flaca! ¡Estaba dispuesto a escuchar tus excusas, a darte otra oportunidad... pero esto no! ¡Me has tirado a basura! ¡Te has deshecho de mí como de un gran estorbo! Si dices que en lo más profundo de tu espíritu estás orgulloso de tu sufrimiento, te aclaro que yo no. Me preguntas si te entiendo. ¿Sabes? Te entiendo más de lo que quisieras. Por eso no me engañas. ¡Se te olvidó mi sufrimiento! ¡Y yo no quiero sufrir! Deseo una vida tranquila, no tengo aspiraciones de trascender. Si me acusas de individualista nada puedo responder, en el fondo tú eres más individualista que yo.

¡Todos esos poemas que me escribiste y que yo guardo como una idiota no significan nada en realidad! Lo comprendo, no eran para mí, eran para la cabrona posteridad. Yo era la musa... la fría fuente de inspiración para el genio en ciernes, tú me concedías la gracia de la inmortalidad. «Como la Beatriz del Dante», me llegaste a decir una vez. Y yo de comemierda creyéndome el cuento de hadas y mi papel de cenicienta intelectualoide.

Hablo con rencor, lo comprendo, pero eso no quiere decir que apoyo de alguna forma lo que te han hecho. ¡No! ¡Lo que pasa es que tu carta me parece ofensiva! ¡Qué distinto eras antes! Aún recuerdo el día en que hicimos el amor por primera vez. Lo recordaré siempre porque como te he explicado me guardé para ti, a pesar de todas las tentaciones me guardé para ti.

Fue a pleno día. Fue a pleno mar. El agua por la cintura y tú a horcajadas sobre mí. Estabas pasando un poco de trabajo para encontrar el punto exacto, así que te ayudé. El agua salada ardía algo pero yo lubricaba a todo tren. ¡Tenía muchas ganas! Pensé que me dolería, pero sólo un ratico, tus besos y el vaivén de las olas me tenían desquiciada. Nos olvidamos de la gente alrededor, la marea nos fue llevando y la verdad es que hubieran tenido que acercarse demasiado para saber qué hacíamos con exactitud, podían sospechar, pero desde lejos no éramos más que unos novios besándose con pasión. Si quedaba algo de pudor, el viento se lo llevó. En ese momento el mundo fuimos nosotros, nuestros cuerpos, los susurros al oído y la sangre haciendo olas en las venas.

¡Yo era feliz! En ese instante todas las penas podían ser olvidadas. Tú eras el futuro, la voluntad de luchar juntos contra cuanto nos intentara separar. En ese instante de carne y furor yo soñaba, yo volaba y tejía, repleta de ilusión, nuestro manto de estrellas. Qué cursi, ¿verdad? ¡Pero qué hermoso! Ese día sobraban las palabras.

Habías encontrado al fin el punto correcto y hasta lograste penetrarme un poco. Yo no sé si fue para vencer el miedo o por otra razón, pero me así de tu cintura y empujé con todas mis fuerzas. Yo misma lo hice, sentí como me entrabas. Ahora no recuerdo si me dolió o ardió o me desgarraste o qué sé yo, pero estoy segura de que, contra todos los pronósticos, tuve un orgasmo. ¡Nunca he vuelto a tener otro igual! Tan puro, tan inesperado, tan inocente. ¡Me tembló el alma! El agua se tiñó de rojo entre nosotros y fue esa la mejor ofrenda. El regalo, el intercambio de nuestras virginidades.

Me gusta evocarlo así porque me doy cuenta de que estábamos pasados de moda. La virginidad apenas valía en el momento de entregarla, después era como tener luz verde. Yo quise ser diferente. Lo sería gracias a ti. Con mi primo habría resultado una cochinada, contigo fue amor y hasta ahora esperé que lo seguiría siendo. ¡Qué equivocada andaba! Me he dado cuenta. He despertado.

Parezco una vieja, sí, aún no he cumplido los veintidós años y ya sueno como una vieja amargada. Nos morimos de precocidad. No creas que sufres más que yo. Aquí en la calle también estamos presos. Tú estás en la cárcel chiquita y yo en la grande. Permanecer unidos era nuestra única manera de salvarnos.

¡Qué pena! Aunque quisiera, no puedo seguir siéndote fiel. No te lo mereces.

Los del Comité de Lamentaciones descubrieron que durante demasiado tiempo habían vivido con miedo a decir en voz alta que tenían miedo. Así de simple. Así de complicado. Comenzaron a lamentarse, primero bajito, luego, poco a poco, elevando el tono de la queja.

—¡No, por favor, señor, no me pegue más, mire que me duele!

Nunca insultaban: jamás utilizaron epítetos descalificadores. Evitaban acusar con términos ofensivos. Sencillamente se quejaban. Su única licencia fue renunciar al obligatorio «compañero» y repetir hasta el cansancio el viejo y cuasi prohibido término de «señor».

—¡No, señor, no me machaque las piernas con ese hierro, que mire que a lo mejor me quedo inválido para siempre!

Y los carceleros se desconcertaban. Acostumbrados a golpear y ser aplaudidos, convencidos de que el reo siempre terminaba por comprender el merecido de la paliza, no atinaban a reaccionar ante estos hombres que sin asomo de pudor, lloriqueaban su pena. Y es que algunas veces hasta les habían pedido más golpes. Eran tantos los que se desgarraban en unas agonías culposas que ellos terminaban por realizar su tarea con cierto amor exorcizante. De cualquier modo, «así se lo rogaban». ¿Verdad?

—¡Pégueme duro, compañero! ¡Me lo merezco! ¡Pégueme más duro!

Y luego, los pucheros de agradecimiento por la generosidad extrema del perdón.

Pero el nuevo llanto era realmente distinto: no agradecía, condenaba. Por eso crearon el Comité de Lamentaciones.

—¡Señor sargento, usted ayer actuó de una manera brutal y queremos decirle que consideramos que eso estuvo incorrecto!

Y al sargento le entraba por un oído y le salía por el otro.

—¡Señor teniente, queremos quejarnos ante usted de la brutalidad del sargento que está bajo sus órdenes!

Y el teniente les devolvía una sonrisa irónica y condescendiente.

—¡Señor capitán, gracias por su inesperada visita. Aprovechamos para hacerle saber que su subalterno, el teniente, ha ignorado nuestras quejas sobre la brutalidad del sargento!

Y el capitán acababa por llamar al teniente para enterarse del chisme, para nada más, pero el teniente se creía recriminado y amonestaba al sargento que se quedaba sin comprender nada; mucho menos cuando luego le pedían mano dura y ahí aprovechaba él para desquitárse y recordarles a sus superiores que antes se le requirió por lo mismo que ahora se le ordenaba. Y así terminaban peleando entre ellos, hasta que cuatro gritos autoritarios ponían las cosas militarmente en su lugar.

Entonces volvía la barbarie. Y a los del Comité de Lamentaciones no les quedaba otro remedio que ingeniárselas para que sus quejidos saltaran los muros y para que en boca de familiares y amigos recorrieran el país, rebotando en los oídos sordos de la gente. Agotada la gestión, decidieron agenciárselas para que, como ilegales en tránsito, las quejas burlaran las fronteras y, desesperadas, casi desfallecidas de cargar tanta pena, tanta llaga de almas, se abrieran como putas ante el primer ciudadano del mundo que tuviera paciencia para escuchar semejante enumeración de clamores heridos. «Nadie escuchaba. O casi nadie, que no es lo mismo, pero es igual.» El debate filosófico parecía tener más importancia que la evidencia del golpe constante y sonante.

A pesar del fracaso inicial, los lamentadores insistieron en devolver queja por golpe. En incansable labor proselitista echaron mano del propio código que los condenaba: una hermosa enumeración de derechos cuyo artículo final negaba todos los anteriores. Los lamentadores ignoraron el apéndice y esgrimieron el resto. Armaron una gran confusión al utilizar de modo engañoso aquella letra engañosa.

—¡Señor sargento, señor teniente… ¿no saben ustedes que el artículo dos dice que…

—¡Caballero coronel, don general, excelentísimo señor comandante… ¿no sabían ustedes que el artículo uno dice textualmente que…

Y los señores compañeros y excelentísimos camaradas se extrañaban ante la posibilidad de error tan engorroso.

Lentamente el ardid de los lamentos fue utilizado por más y más víctimas, hasta que un gran coro se dedicó a plañir con saña y el vocerío melancólico terminó por molestar más que la exigua tropa que hacía oposición frontal. Muchos no se unieron al coro. Hubo quien, comprendiendo lo provocativo de aquel lloriqueo, en apariencia inocente, se guardó bien adentro, casi con celo, sus dolores más evidentes. Muchos de los plantados tampoco se unieron al coro. No parecían entender bien la nueva estrategia: crecidos y disminuidos en el espíritu heroico, en la moral espartana y en el ejemplo glorioso de los mártires, acusaron a los lamentadores de cobardes sin pudor. Los acusaron, además, de cómplices que al invocar, para salvar el pellejo, el código enemigo, lo legitimaban. Forjados en la vieja escuela (la misma de los del poder), no entendieron la nueva situación.

Serafín, que se negó a ser mártir junto a los plantados, se empeñó en serlo ahora. Y sin tomar muy en cuenta la evidente contradicción, decidió posar de héroe. Apropiándose del espíritu de aquéllos con los que convivió, hizo caso omiso a su sentido común y se dejó arrastrar. Se creyó un elegido. «No por gusto», se dijo para convencerse, «había visto a los plantados desafiar el poder, pelear con el filo de las uñas contra el filo de las bayonetas y domar lentamente la fiera primitiva del hambre». «No en balde», se decía, borrando antojadizamente la realidad de que estuvo junto a ellos por casualidad, «había sido uno de ellos». Y mirando por encima del hombro a quienes lo rodeaban decidió que «regresado al redil de estos presos nuevos, le tocaba demostrar cómo arde en los pechos bravíos la redentora llama de la rebeldía». Y él, tan asqueado que dijo andar siempre de ese tipo de verborrea, finalizó con ella entre sus labios: masticándola, devorando y escupiendo su amarga miel patriotera, redescubriendo el coraje y embriagándose con su sensación de superioridad ética. Terminó señalando con el injusto índice, con el dedo descalificador, a quienes, armados de un coraje menos escandaloso, blandían, como última espada, el lamento; a quienes mostraban con valor las heridas a ras de piel y se abrían, además, con la fuerza de ambas manos el pecho en dos mitades, para que se les viera el alma: sus cicatrices insanables, sus antiguos y sus recientes estigmas y el corazón arrugado, hecho una esponja pequeñita de tanto exprimir dolores, de tanto bombear coágulos de desilusión e impotencia.

Así la queja solitaria se hizo dúo luctuoso, engrosó y llegó a ser coro, aullido colectivo: trozos de humanidades despedazadas, clamor bestial en el desierto de todos.

Cuando la guarnición irrumpió en la galera de Serafín, ya la luna ensangrentada chorreaba desde el techo sus gotas premonitorias y sobre el rostro de cada uno de los condenados se había ido posando la sombra púrpura del astro.

Los reclusos comenzaron a quejarse de antemano: previniendo el golpe escaparon los ayes, adivinando el acero se derramó la sangre, adelantándose a la culata saltaron, se escupieron los dientes de las bocas, se retorcieron los músculos, se quebraron los huesos, se reventaron los pómulos y como cocos secos se abrieron los cráneos. Un zumbido plañidero paralizó a quienes de esta manera observaron el resultado de su salvajismo antes de iniciar la carnicería.

Los presos realizaban la pantomima de manera tan vívida que los guardias no tuvieron dificultad para reconocer el tipo de agresión que correspondía a cada queja, y ante la inesperada evidencia de su propia barbarie no faltó entre ellos quien sintiera un impulso auxiliador.

—¡Basta ya! —gritó el teniente verdaderamente molesto. Y era como si aquel pronunciara la frase que correspondía a sus víctimas—. ¡Basta! ¡Son como niñas lloronas! ¡No hemos levantado una mano y ya están tirados por el piso! ¡Levántense! ¡O es que no hay uno solo de ustedes que tenga los cojones bien puestos!

El oficial movió el pie derecho con impaciencia, con ganas de que alguien le contestara. Cualquier cosa antes que ese silencio demoledor.

—¡No se me hagan las víctimas! ¡Son unos cobardes! ¡Nada más! ¡Si no querían problemas tenían que haberlo pensado antes! ¡Ahora tienen miedo! ¡Maricones! ¡Miedo! ¡Miedo! ¡Miedo! ¡Pencos!

El teniente dio media vuelta para marcharse.

—Yo no les tengo miedo.

La voz de Serafín sonó inoportuna, inesperadamente serena. Se notaba que llevaba tiempo ensayando. Sin embargo, sorprendió a todos. Ni unos ni otros esperaban ya semejante boconería. El oficial sonrió y volvió a dar media vuelta. Serafín, como en las viejas películas del oeste, caminó hasta el centro de la galera y repitió el bocadillo pausadamente, como si estuviera masticando las palabras.

—No les tengo absolutamente ningún miedo.

El teniente esperó a ver si el bocón era secundado. Pero estaba claro que aquello no iba incluido en la pantomima original. Como demoró en reaccionar, Serafín contó con un tiempo extra para decir algo más.

—Y quiero decirles también que los únicos cobardes que hay aquí son ustedes. Y que con todo el respeto que se merecen me cago en el recontracoño de la puta de la madre que los parió.

No hizo falta más. Cuando llegó a la disciplinaria ya estaba inconsciente. Durante veintiún días se empeñaron en hacerlo abjurar de su pregonada valentía, pero increíblemente resistió cada tormento con un coraje sacado de las entrañas, desconocido hasta para él mismo. Convencidos de que el cuerpo se resistía, echaron mano de otros métodos.

El capitán en persona presidió el tribunal de emergencia. Serafín no sabía que en el patio se celebraban juicios sumarísimos, así que cuando leyeron la sentencia se hallaba más sorprendido que asustado.

—¡Este tribunal lo ha encontrado culpable de un delito de rebeldía y lo condena a la pena establecida para estos casos: muerte por fusilamiento! ¡A cumplir en el plazo de cinco días a partir de este dictamen!

«¿Cinco días? Parece una broma, una equivocación. Pero el día del registro también pensé lo mismo y resultó más serio de la cuenta. "No se preocupe, señora, sólo vamos a hacerle unas preguntas a su hijo. Se lo devolveremos enseguida." ¿Enseguida? Llevan dos años y medio haciéndome preguntas. ¿Cinco días? No puedo creerme que todo se vaya a acabar en cinco días. Bueno, pero tampoco podía creer que me echaran tres años a causa de unos personajes inventados. Parecía una broma y no lo ha sido: el juicio, los fiscales, los jueces soñolientos, los abogados temerosos, los testigos imposibles, parecían el elenco de un teatro bufo y no lo eran. ¿Cinco días? ¿Fusilarme tan sólo por cagarme en la madre de cuatro soldaditos de plomo? Esa es una respuesta desproporcionada... pero la verdad es que cuanto he vivido hasta hoy ha sido una gran desproporción. Todas las respuestas que he recibido han sido desmedidas. El mundito en que vivimos es en sí una desmesura... ¡Pero es que no lo puedo creer! ¿Todo se va a acabar? ¿Qué será de mi madre? ¿Ya lo sabrá? ¿Se lo habrán dicho? ¿La podré ver antes de...? Tal vez sea mejor no verla. Y ¿Carla? Bueno, ella es joven. Y ¿la abuela? Y ¿el resto de la familia? ¡Increíble! ¡Nadie se lo va a creer! ¿Qué explicación darán? No mucho. No les hace falta. La gente evitará los comentarios, mientras menos enterados estén, más seguros se sentirán. Y ¿mis amigos? ¿Pensarán que soy un héroe o un comemierda?... Y ¿qué soy en realidad? Ahora mismo debería estar de fiesta y no en este lío. ¿Para quién me sacrifico? Si a mí nadie me ha pedido ayuda. ¿Para liberar a quién? ¿No seré yo mismo inventándome un papel protagónico? ¡Escapar, escapar, esa ha sido siempre la única solución sensata! ¡No es fácil! Esta gente no se anda con juegos. Mejor pido perdón. ¡Qué carajo! ¡Si a nadie le va a importar! ¡Pero no les voy a dar ese gusto! ¡Y a mí qué más me da! "¡Si renuncias a tu sueño te mueres igual!", me dijo aquel viejo. ¡Pero ese viejo está loco! ¡Lleva veinte años en cana y no ha resuelto nada! ¡Nadie sabe su nombre! ¡Nadie sabe ni que existe! ¡Esos plantados están todos locos! ¡Serán unos cojonudos, pero están locos! ¡A nadie parece interesarle su destino! Ellos juran estar haciéndolo por los demás y los demás prefieren ni enterarse. Y ¿yo qué? No tengo siquiera un hijo que rescate luego mi memoria. Ni he podido escribir esta historia para que alguien con admiración o con compasión la lea en el futuro. Y ¿qué coño es el futuro? ¿Acaso algo por lo que vale la pena morir en el presente? ¿Quién me habrá metido en la cabeza esa cosa idiota de la dignidad? La felicidad es no saber, no enterarse, buscar un huequito y cobijarse dentro de él. ¡Que no lo jodan mucho a uno! Eso es todo. Los sueños se pueden ir al carajo, son muy exigentes. El mundo es de los mediocres, la audacia abre caminos, pero quienes transitan luego por esos caminos son los precavidos... ¿Qué me pasa? Estoy pensando tonterías. Estoy tratando de justificar lo injustificable. ¡Estoy cagao! ¡Tengo un miedo del carajo! Eso es lo que quieren: que me muera de miedo, que viva avergonzado de mí mismo el resto de la vida, que todos me señalen con el dedo acusador o lastimero. ¡El puñetero dedo de siempre! ¡Falange demoníaca, índice omnipresente, inevitable en las buenas y en las malas! ¡Ahora entiendo a los Lamentadores! ¡Somos hijos de la impotencia! Es mucho más coherente reconocer que tenemos miedo... Es verdad, siento los mismos temores de la infancia, me hago las mismas preguntas: ¿cuál es el destino de lo que no puedo mirar? ¿Cómo es posible que vivan fuera de mi mirada? ¿Qué pasará cuando mis ojos se apaguen? ¿Qué configuración tienen las cosas ajenas a mis dedos? ¿Qué corazón oculto late en la piedra? ¿Cómo pueden ocurrir tantas cosas allá si yo estoy aquí? ¿Cómo puede haber tanta historia antes que yo? ¿Es verdad que habrá tanta después de mí? Preguntas ingenuas que luego uno descubre que son grandes interrogantes, filosóficas, dicen, y resulta que hay un montón de sabios haciéndose esas mismas preguntas hace siglos y que casi todas las guerras se han hecho en nombre de una u otra respuesta. Y uno recuerda el escalofrío ante la primera duda infantil y el gesto para apartar de un manotazo la desazón ante lo desconocido. Y el miedo a la oscuridad, el terror tremendo ante el abismo infinito, ante la densidad absoluta. Pero la verdad es que no hay respuestas, que las explicaciones no son más que trampas para ocultar el miedo, para ocultar la certeza de que no hay certeza. Y todas esas guerras no son otra cosa que una consecuencia del miedo, un miedo genético, que ha ido creciendo con los siglos y que nos transmitió el primer antecesor que se vio solo ante la noche y la distancia inacortable de las estrellas. Simplemente miedo: el mismo que yo siento ahora y que me empeño en vencer, un temor que sólo es posible combatir con más temor o con grandes dosis de cinismo: si no sé de dónde vengo, poco me debe importar adónde voy… ¡No! ¡Esta vez no me van a sorprender! ¡Estaré preparado y si todo se tiene que acabar, pues que se acabe!»

Para Serafín las cuatro noches de espera fueron las más largas jamás contadas y aunque trató de enfrentar la muerte con entereza, no lo logró.

El haz de luz. Carla le explicó a Raúl que desde niña se había sentido fascinada por el cono luminoso que atravesaba la oscuridad de las salas de cine y que a ella siempre le pareció un puente o un túnel por donde los personajes volaban hasta la pantalla para allí mostrarnos, sin soplo de pudor, sus mil conflictos por resolver.

Todavía hoy, le dijo, solía distraerse observando la infinidad de partículas flotantes que, gracias a la reveladora refulgencia, el aire dejaba ver: un universo de diminutos planetas que se le antojaba que poseía sus propias historias y sus particulares conflictos por resolver. Siempre, dijo en tono de íntima revelación, había preferido las salas pequeñas y antiguas, donde, sentada al fondo, podía escuchar el traqueteo mecánico del proyector y donde, además, le era posible vigilar el hilo de luz sin perder el de la trama.

—Somos —señaló— la primera generación que tuvo televisión en casa antes de ir al cine por primera vez —y continuó caminando lentamente junto a Raúl por la avenida 19—. Pero yo prefiero la pantalla grande —enfatizó Carla—, tiene magia; lo otro no deja de ser un mueble privilegiado y promiscuo. Al cine hay que acudir, hay que salir a buscarlo. El cine exige su propio ritual: no se entrega con facilidad.

«Como tú», pensó Raúl, y pensó también que resultaba extraño aquel cotorreo elitista que nada tenía que ver con el disgusto que le había provocado la carta de Serafín. A Raúl se le hacía difícil comprender cómo podía pasar con tanta facilidad de un estado de ánimo a otro. La carta que, contrario a la primera, había invitado a leer a Raúl, no decía a juicio de éste nada ofensivo, pero Carla insistía en que se trataba de la mayor muestra de egoísmo entre todas las que había recibido a lo largo de la relación. Raúl, irónicamente, terminó defendiendo a su rival, explicándole a la novia despechada que lo que su compañero hacía estaba dictado por la circunstancia, por la perversa realidad que lo obligaba al rompimiento en nombre de la integridad.

—¡Tú sabes perfectamente que te está cuidando! ¡Eso está clarísimo! —casi se enojó Raúl.

—¡Eso es un cuento! —replicó Carla—. ¡Siempre ha sido así! ¡No sabe compartir nada, ni siquiera la desgracia! ¡La desgracia es lo más importante que se puede compartir en la vida! ¡Para los ratos de felicidad siempre hay gente dispuesta!

Raúl tuvo deseos de aprovechar el momento para saber más sobre aquella misteriosa relación, pero Carla ahogó su cólera en un drástico pozo de silencio y él no se atrevió a indagar.

Llegaron al Parque Japonés y se sentaron uno al lado del otro, sin mirarse y sin decirse palabra durante largo tiempo, revolviendo, cada uno por separado, sus diferentes y a la vez parecidas frustraciones. Por eso cuando Carla lo invitó a ver una película cualquiera, Raúl creyó que se trataba de un pretexto para estar, al menos por un tiempo, en un lugar donde nadie le pudiera dirigir la palabra y donde poder distraer o diluir su cólera con la de los protagonistas de la película. Pero mientras caminaban por la avenida 19 del reparto Buena Vista, Carla comenzó su entusiasta disertación, dejando a Raúl confundido y silencioso.

—No me gustan los cines de estreno —afirmó Carla—, prefiero los de barrio. Tampoco me llaman la atención las películas nuevas, me quedo con ésas donde el rollo, de tanto usarse, parece estar siempre a punto de partirse o de abrir un hueco grande en la cara de los artistas porque se quema el celuloide. A veces me gustan más si son en blanco y negro. Creo que soy una nostálgica y no sé por qué, pero ando convencida de que la nostalgia no es en colores: la esperanza tal vez, pero la nostalgia no. Hace mucho que dejé de tener esperanza. Yo no espero nada del futuro.

Cuando doblaron por la Curva Montalvo, Carla dijo:

—Mira, Raúl, antes el cine era un entretenimiento, ahora es un refugio y cada vez quedan menos. ¿Sabes por qué he cogido por aquí por la calle 44? ¿Eh? ¿Te acuerdas del Roxy? ¿En esa esquina? Cada vez que voy al Ambassador, que es el único al que todavía se puede ir a pie en el barrio, doblo por esta calle para ver lo que queda del Roxy. Era un cine clásico: con su pretensión neoyorquina, su exótico letrero en rojo y los bombillitos intermitentes que parecían caminar alrededor del anuncio de la función del día. Aquí me refugié cuando me quedé sin amigos. ¿Te acuerdas? Yo no he olvidado nada. No he podido... Esta sala estaba lo suficientemente cerca de la casa como para que mis padres me dejaran venir sola. Ahora nada más queda la letra X colgada de un cable en la pared gris... ¿Ves? Pronto no va a quedar nada... nada. ¿Te acuerdas de Willie? ¿El taquillero?... El eterno taquillero del Roxy: un viejo que a pesar de las canas seguía siendo rubio, con sus ojos claros y pequeños, siempre tristes, siempre iguales, y sus cejas casi imperceptibles. Era irlandés. ¿Tú lo sabías? Una noche en que se fue la electricidad y no pude terminar de ver *El hombre invisible*, me quedé conversando con aquel otro hombre incorpóreo. Sin salir de atrás del cristal de la taquilla y sin levantarse de su taburete, me contó su historia: aburrida, sobrecogedora por la ausencia de acontecimientos relevantes. Sus padres lo habían traído de pequeño huyendo de lo que él llamaba la intolerancia inglesa y se topó con la intolerancia de esta otra isla. Escapó de los ingleses y aquí le decían «el inglés». De nada sirvieron décadas de aclaración. En Cuba todos los irlandeses son ingleses, más o menos como todos los españoles son gallegos. Ignorancia o testarudez o simple sorna colectiva, da igual, Willie gastó su vida detrás de ese cristal ahora inexistente; repartiendo boletos para compartir ilusiones o desesperanzas ajenas y así olvidar las propias. Lo que pasa es que este cuarto oscuro no escapó a la decrepitud general; como casi todo en la ciudad, como casi todo en el país. Dicen —continuó su perorata Carla— que La Habana fue una de las ciudades con más salas de cine en el mundo; dicen, y yo lo creo, porque aunque los cubanos somos exagerados, bastaba revisar la cartelera de los periódicos para comprobarlo. Lo que pasa es que ya no debe quedar ni la mitad. El Roxy, ¡estas ruinas que ves hoy delante de ti!, sucumbió también a la desidia y a no sé cuántas cosas más. Nos encontramos un día un letrerito de cartón que pregonaba: «Cerrado por reparaciones», y nunca más abrió.

»El viejo Willie —continuó Carla— siguió cobrando su falso salario de taquillero sin taquilla. Venía por las tardes y se sentaba en su taburete a saludar a través del cristal a los que pasaban. Cuando ya el letrero de "cerrado por reparaciones" se había hecho ilegible, colocaron un candado en la puerta. Y el viejo Willie no tuvo más remedio que sentarse en los escalones de la entrada. No faltó una sola tarde a su ilusoria cita laboral. Se moría de aburrimiento. Comenzó a beber. Era un aguardiente casero que parecía hecho para reventar a un toro. Algunos le gritaban: "¡Cojo, suelta la botella!", pero con el cine cerrado ya nada tenía sentido. Iba todos los días. A las dos de la tarde Willie ya estaba sentado en los escalones, los domingos desde temprano, para la matiné. Yo no creo que fuera la fuerza de la costumbre, pienso que era fidelidad: así deben ser los grandes amores, hasta el final sin excusas. En cierto modo yo entendía al tozudo irlandés porque jamás he podido sustraerme a la tentación de pasar frente a este lugar tan ligado a mi infancia, donde reí y lloré con tantas películas. Por eso no admito justificaciones: cuando se ama se hace contra todas las consecuencias, el verdadero amor es suicida.

»Al final, el viejo Willie se alcoholizó y ya no se tomaba el trabajo de regresar a la casa. Sucio y peludo, se convirtió en juguete del sadismo infantil, blanco de insultos y pedradas y estorbo para los vecinos malhumorados. Para mí —dijo Carla—, a pesar de su lamentable estado, fue siempre el recordatorio de que una vez hubo ilusión y que de sus manos transparentes adquiríamos un pase temporal a la fantasía. Él estaba allí para que no olvidáramos que alguna vez tuvimos esperanza y que incluso mucha gente creía con divina inocencia en la posibilidad, ahora remota, de los finales felices.

»La tarde en que se lo llevaron había bebido más de la cuenta, o quizás fue la más lúcida de sus inútiles jornadas. Dicen que gritaba como un poseído: "¡Pasen, señores, pasen! ¡Hoy la función es gratis! ¡A partir de ahora la matiné es perpetua! ¡Pasen, señores, pasen!" Y cuando se cansó de gritar como un loco que no lo era, se lanzó de cuerpo entero contra la cristalería de la puerta. Lo encerraron en Mazorra, en el pabellón número dos. Dicen que allí murió, de noche, repitiendo en su inglés materno parlamentos de películas ya olvidadas. Dicen, porque aquí, cuando te llevan, no es posible comprobar nada.»

Raúl continuaba sin saber qué responder a aquel discurso apasionado de Carla María, así que hizo lo que su instinto le indicaba siempre en momentos de confusión: callar.

Pero Carla no dio tregua. Tomó a Raúl de la mano y lo arrastró por uno de los pasillos laterales del Roxy.

—¡Ven, te voy a enseñar un secreto! —dijo con voz de mando, y le mostró un breve agujero en la pared del fondo, a ras de suelo. Y sin preguntarle si la seguiría se dispuso a colarse por el túnel.

—¿Adónde vas?

—¡A ver una película! O ¿ya se te había olvidado?

—No, pero...

—¡Pero nada! ¿No creo que me vayas a dejar sola allá adentro? ¿Qué pasa? ¿Tienes miedo?

Y agachándose, metió la cabeza por el boquete y comenzó a gatear. Mientras atravesaba el umbral en aquella posición, el vestido de una sola pieza se le recogió brevemente hacia delante y Raúl pudo ver al aire parte de su desnudez. Sin pensarlo dos veces se fue tras esa imagen.

Un teatro vacío puede ser un lugar muy íntimo. La ausencia de espectadores, las butacas plegadas y el escenario desierto invitan a la reflexión. Una sala de cine no es más que un teatro con el escenario vertical. ¿Qué otra cosa es si no la pantalla? Raúl nunca había estado en un sitio así. Más que el polvo, allí habitaba el espíritu del polvo. Era, sin duda, un lugar muerto: los lugares también se mueren, como las personas, como los animales y las plantas, como los objetos. Las ruinas son el esqueleto de los lugares fallecidos: piedras al sol que testifican sobre lo que fue y ya no es. Por eso los poetas se sienten atraídos por las ruinas, porque les permiten fantasear sobre un mundo ido, porque son un asomo del esplendor posible, de la felicidad negada, de la esperanza tibia y del ayer. ¡El ayer! ¡Lugar del tiempo donde pudo ser lo que queremos hoy! ¡Lo que esperamos mañana!

Raúl caminó entre los escombros del interior del Roxy con sumo cuidado. Como quien lo hace en un campo minado. La visibilidad era muy mala y la imagen tentadora de Carla se había diluido entre las sombras.

—¡Carla!

—No te preocupes. Estoy aquí —le respondió la voz de un cuerpo invisible—. ¿Se te ha olvidado en qué sitio estamos? ¿Para qué fue diseñado? ¿Te olvidas de que este lugar es una cámara oscura? El cine sólo admite su propia luz. Ven, camina recto. No temas, que el camino está despejado. Mira hacia el techo y encontrarás un hueco por el que entra algo de sol, es un pequeño derrumbe, guíate por él. Enseguida tu vista se adaptará y podrás distinguir las siluetas. Yo estoy aquí.

Raúl siguió las instrucciones. «Se ve que ella ha estado aquí antes», se dijo al comprobar que en sus pupilas comenzaba a dibujarse el panorama: un reguero de sillas destrozadas, los ladrillos de las paredes en carne viva, la alfombra raída y húmeda y la pantalla que una vez fue blanca, sucia y a medio caer.

Carla estaba en primera fila, sentada en una de las pocas butacas sobrevivientes, agujereando con sus ojos de gata la oscuridad, sentada como si de verdad esperara el inicio de la función.

—Ven —indicó ella—, aquí a mi lado hay otra silla sana. Siéntate y mira a la pantalla. Dale vuelo a tu imaginación. Si no logras ver nada, cierra los ojos y recuerda. Si no puedes recordar algo, invéntatelo.

Raúl la observó de reojo y dudó por un instante de su cordura. Afuera la tarde caía y por el hueco del techo bajaba un haz de luz perpendicular que rebotaba suavemente contra el trozo de pantalla que aún permanecía en vilo.

—¡Vamos, cierra los ojos! —repitió Carla impaciente—. ¡Este es uno de los pocos lugares de La Habana donde aún ocurren milagros! ¡Dónde aún es posible despertar y ver hecho realidad el deseo soñado!

Raúl obedeció. Apretó los ojos durante un largo minuto. Trató de concentrarse, pero no logró pensar ni ver nada especial. No consiguió siquiera relajarse.

—Ahora, abre los ojos.

Carla ya no se encontraba sentada a su lado. Se había puesto de pie silenciosamente, sin que él se diera cuenta. El presentimiento le hizo permanecer a ciegas unos segundos más. Aún con los párpados cerrados pudo adivinar el milagro. Cuando los abrió, fue para comprobar que aquel sitio era indudablemente mágico: frente a él, bañada por el velo luminoso que caía del techo, casi proyectada en el telón de fondo, real y fantasmagórica a la vez, estaba Carla María Miranda. Desnuda. Completamente desnuda.

—¡Preparen!

Serafín comenzó a contar cuántos integrantes tenía el pelotón. Nunca imaginó que en un momento como ese haría algo tan banal. Debería estar preparándose para afrontar el trance con dignidad, para gritar algo que diera sentido y trascendencia a su absurda ejecución. En su lugar hacía algo tan estúpido como contar el número de soldaditos. Sumaban cinco, es decir, cuatro si se descontaba al jefe. Demasiado jóvenes, pensó, para sentirse a gusto con semejante tarea. Probablemente eran reclutas del Servicio Militar Obligatorio, porque no podía creer que nadie, por su propia voluntad, asumiera tal misión.

La luna emitía un resplandor azuloso que se reflejaba en la mejilla izquierda de cada uno de los soldaditos. El otro lado de las caras se lo tragaba la oscuridad. A pesar del frío y de la neblina, sus medias frentes visibles estaban coronadas por pequeñas gotas de sudor.

Examinó al jefe del pelotón y se dijo: «Nunca olvidaré esa cara». Pudo verlo bien porque, por un buen rato, la luna lo alumbró de frente, luego se puso a contraluz y el reflejo prestado del satélite recortó su figura como si fuera de cartón, en posición marcial, jerárquicamente distanciado de los demás. «¿De qué sirve intentar retener en la memoria unos rasgos físicos que jamás podré recordar? Si ya todo se va a acabar. ¿Por qué gasto mis últimos segundos de vida en esta bobería?»

Un destello plateado atrajo su atención. Era el cañón de la pistola que el oficial acababa de desenfundar con su mano izquierda. Presintió que ese revólver estaba destinado al llamado «tiro de gracia». No le vio la gracia. Apretó instintivamente los ojos.

—¡Apunten!

Los ruidos terrenales desaparecieron. Un inmenso vacío ocupó el espacio. El ambiente se hizo vaporoso, como cuando uno se marea, o está a punto de desmayarse, o como cuando a causa de fiebres muy altas los objetos a nuestro alrededor adquieren un aspecto fantasmal.

El jefe del pelotón alzó el brazo izquierdo, pero en cámara lenta. Muy lenta.

Serafín se acordó de aquel grabado que en su cuaderno de la escuela primaria ilustraba el fusilamiento de los ocho estudiantes de medicina. Hasta recordó la fecha: 27 de noviembre de 1871, y también le vino a la memoria que una vez, estando en cuarto grado, recitó un poema conmemorativo en el patio de la escuela. Los maestros lo felicitaron por el tono convincente y apasionado con que entonó los versos. En la copia del dibujo que destacaba el libro se mostraba cómo uno de aquellos muchachos, soberbia y dignamente (así lo recalcaba el texto), declinó el favor de la venda en los ojos. ¡Qué extraño! ¿A los traidores no se les hacía morir de rodillas y de espaldas? Era notorio que nada de eso le estuviera sucediendo.

Estaba parado frente a los soldados. No lo habían amarrado a un palo, como se suponía. Tenía las manos sueltas; los pies también. Pensó que podría mandarse a correr en cualquier momento. A su espalda había un muro. El paredón no tenía nada de especial: era una tapia normal y corriente. ¡Leyendas! ¡No eran más que leyendas que en un país de violencias cotidianas la imaginación hacía suyas y recreaba con la misma exuberancia con que los campesinos de otros tiempos contaban sobre brujas y aparecidos! No podía precisar siquiera en qué momento ni de boca de quién había escuchado aquellas cosas: como la de que uno de los fusiles cargaba sólo salvas, para que si algún miembro del pelotón sufría más tarde cargos de conciencia, pudiera consolarse con la idea de que tal vez su arma era la premiada. ¡Pobre consuelo! «La muerte no viaja dentro del proyectil», meditó Serafín, «sino que está en el acto mismo de apretar el gatillo. ¡Inútil sorteo de la inocencia!».

—¡Fuego!

La descarga lo tomó desprevenido. Pero como en su mente los hechos transcurrían en un tiempo irreal, los cuerpos y objetos se movieron con lentitud asombrosa. Calculó que lo hicieron cientos de veces más despacio que en condiciones normales. Es posible que miles o cientos de miles de veces más lento.

Así tuvo la oportunidad de ver con claridad la bala salir de la boca del cañón. En medio de aquel trueno no reconoció más que una. Las otras seguramente la escoltaban, pero la que marchaba a la vanguardia robaba su atención: esa bala impaciente que se adelantaba a las demás y que se dirigía recto a su cabeza.

Las piernas se le aflojaron y la vista se le nubló aún más. Sin embargo, tuvo ánimo para pensar en otra de esas leyendas callejeras que también hablan de la muerte; esa incomprobable teoría de que en el instante final, la memoria realiza una veloz retrospectiva de lo vivido. Una especie de *curriculum vitae* en imágenes. Como si en un enloquecido proyector de cine, las escenas de lo bueno y de lo malo que nos ha sucedido se fueran sobreponiendo a un ritmo cada vez mayor: desde la niñez hasta la explosión definitiva. Pero su proyector interior debía tener algún desperfecto extra, pues reflejaba una sola escena: la del día que llegó a La Cabaña. Todo empezaba y volvía de alguna caprichosa manera a ese oscuro punto de su existencia; sin lograr retroceder ni adelantarse un segundo.

Se vio una y otra vez en medio de aquel patio tenebroso, escuchando repetidas veces el ofensivo voceo de bienvenida.

—¡Carne fresca!

Era volver a vivir, volver a sufrir todo aquello en una majadera y recurrente sinopsis: su indecisión en la entrada de la galera, el custodio que abría la gigantesca reja con una sonrisa burlona, el gesto agresivo de los delincuentes, sus tímidos pasos al atravesar el umbral y un chirriar de hierro oxidado que le indicaba que el mundo se cerraba a sus espaldas. Mil veces se repitió la escena en su memoria, cada vez más rápida, cada vez más breve. Hasta que al final fue sólo la reja cerrándose constantemente, hasta llegar a una velocidad de mil portazos por segundos.

Ahora los proyectiles se le venían encima recuperando su tiempo natural. Antes de recibir el primer impacto intentó lanzar un grito heroico, pero las piernas se le aflojaron todavía más. Pensó en mil frases para la historia, en el espectro eterno de madamme Rolland, aquella que se inmortalizó en el último minuto. Quiso ser original, pero no se le ocurrió nada. Entonces sintió deseos de ser ofensivo, cualquier cosa con tal de dejar sentada su entereza. Intentó gritar muchas cosas, pero no encontró suficiente coraje. ¡Ni una palabra! ¡Nada logró desamarrar el grueso nudo que le obstruía la garganta!

Cuando los proyectiles explotaron ante su rostro, se desmoronó, se le doblaron completamente las rodillas y cayó de bruces en la tierra.

A pesar de la sensación del impacto, aún se reconocía, con vida. Se acordó de la pistola plateada. Se volteó y se tocó con notable desespero el pecho y la cara, buscando la sangre. «¡Ni una gota! ¿Así será la muerte?... Es como un relámpago. ¿Así será? ¿Será verdad que cruzamos de un lado a otro sin darnos cuenta? ¿Sin dolor?... ¿Estoy aquí o allá?»

Un pelotón de carcajadas lo sacó de sus dudas. ¡Aún estaba aquí! Los fusileros lo miraban, lo señalaban y se arqueaban de la risa. El jefe, aún con su pistola reluciente en la mano derecha, se le acercó.

Serafín se echó a llorar como un niño. ¡Lo habían fusilado con balas de salva! ¡Con proyectiles de juguete! ¡Aquellos soldaditos de plomo se estaban divirtiendo a su costa!... ¿Cómo no lo sospechó? ¡De tanto escucharlo lo creyó parte de la leyenda! El jefe le apuntó a la cabeza, pero en lugar de dispararle comenzó a patearlo.

—¡Ves que eres un cobarde! ¡Un bocón de mierda! ¡Pendejo! ¡Maricón!

Serafín quería que literalmente se lo tragara la tierra. Saberse vivo no lo aliviaba del todo. La humillación lo desmoralizó. En ese instante prefería hallarse muerto. Haber sido fusilado de veras.

Lo soltaron. Catorce días después de haber cumplido sus tres años, a Serafín Rodríguez lo soltaron. Desde afuera aquellos muros ofrecían un aspecto inocente. Se pasó la mano derecha por la cabeza rapada y con la izquierda apretó el jolongo donde escasamente cargaba una muda de ropa interior, el cepillo dental y los papeles que acreditaban su liberación.

—Con este aspecto cualquiera sabrá de donde vengo.

Echó una ojeada final a la edificación y le pareció increíble haber sobrevivido. Pensó en esos que cuando él todavía no había nacido ya estaban allá adentro, caminando los pocos metros cuadrados a los que les habían reducido el mundo. Él pasó, ahora se iba y ellos aún permanecían guardados. Sin duda había tenido suerte. ¡Mucha suerte! Se prometió no olvidar, tenerlos presentes aún a riesgo de la amargura eterna. Serafín supo que a partir de ese momento cada goce de la vida estaría envenenado y que hasta los placeres mínimos serían un lujo que disfrutaría con una perenne sensación de vergüenza. Alzó la vista a la noche estrellada (groseramente hermosa, infinita como el dolor bajo su luz) y sin poder evitar un suspiro de resignación, dio media vuelta y se alejó.

Su madre lo encontró demasiado delgado y con algo duro en la mirada: una tristeza densa que le impedía sonreír o llorar. Lo abrazó con contenida emoción y lo besó en la frente.

—La abuela murió. Fue hace ocho meses. No te dijimos nada para no...

Serafín escuchó el cuento mezclando las palabras de la madre con sus propios recuerdos. Mientras ella le contaba que había muerto en silencio, sentada en su sillón de siempre, él la vio dando órdenes, distribuyendo el trabajo, administrando, poniendo disciplina en el manicomio familiar, sabiéndose la única persona cuerda en una casa de locos.

Mientras la madre decía que pasó varias horas sentada en la mecedora sin que nadie se diera cuenta de que ya no respiraba, que los forenses no aparecieron hasta las ocho y treinta de la mañana siguiente y que por eso decidieron acostarla en su cama, vestirla para la ocasión y velarla allí mismo, al estilo de las antiguas vigilias campesinas, él la vio montando obras de teatro con la caterva de nietos, inventando parlamentos absurdos, repartiendo papeles que preveían el que a cada cual le iba a tocar en la vida real. Justo cuando la madre comentaba que horas antes de su muerte había estado recordando, relatando a un vecino historias de su juventud, tal vez dándole un repaso final a sus ochenta y nueve años de vida, Serafín pensaba que le habría gustado regresar antes y conversar con ella; almacenar para siempre en una grabadora sus anécdotas, los cientos de poemas que se sabía: poemas raros, inéditos, imposibles de encontrar en libro alguno porque los había aprendido, con esa memoria prodigiosa, de bocas campesinas o de los marinos amigos de su padre. Literatura oral que intentó legar a sus hijos y luego a sus nietos, pero que en medio de la catástrofe parecía destinada a perderse en el olvido. «Estos no son tiempos para la poesía», la recordó diciendo una vez.

Cuando la madre llegó a la parte del cuento en que apareció por fin el carro fúnebre y tuvieron que montarse junto al féretro, en la misma parte de atrás del automóvil, para no verse en la necesidad de dejarla sola, Serafín la recordó leyendo a los nietos la carta de cierto joven que conoció cuando ya ella tenía más de cincuenta y él era sólo un aspirante a representante del Partido Ortodoxo en un oscuro barrio de La Habana. «Compañera de ideales», rezaba el demagógico encabezamiento.

A la vez que la madre contaba las vicisitudes para encontrar una corona de flores, Serafín pensaba en el triste destino que ese mismo «compañero de ideales» regaló a su pobre abuela: dividió la familia, lanzó al exilio a tres de sus cinco hijos, marginó a su esposo, encarceló a dos nietos y a un sobrino, fusiló a amigos y la condenó a ella misma a un enclaustramiento involuntario porque a su edad no podía, como la mayoría de los ancianos en el país, lidiar con el ineficaz o casi inexistente transporte público. Estaban condenados a la inmovilidad.

Y mientras la madre narraba cómo tuvieron que regresar a pie del cementerio, Serafín supo, sin tener que preguntarlo, que aquella mujer batalladora mantuvo su mente clara hasta el final y vivió la tragedia de una inteligencia viva dentro de un cuerpo que se desvanece. Por eso se sentó a morir en su sillón de siempre, para no molestar, para poder maldecir en paz a aquel joven ambicioso que solía tocar a su puerta en busca de café y comprensión, a aquel «compañero de ideales» que lo destruyó todo.

—Y ¿tía? —preguntó Serafín para dar por concluida la historia de la abuela.

—¡Ay, hijo! ¡Esa es otra sorpresa! Mi hermana es un caso, un espíritu bohemio que equivocó el camino. Estudió todas las ciencias, pero la música fue siempre su verdadera vocación. Ella no fue al cementerio, se quedó en la puerta, con la mano en alto y los ojos rojos. Cuando regresamos, descubrimos que había arrastrado el piano hasta su cuarto, parece imposible que lo ha haya hecho sola, no sabemos con qué ayuda contó; el caso es que no ha vuelto a salir de la habitación y que toca sin cesar una música incomprensible y sublime. Yo le llevo algo de comer por las tardes y ella me mira con agradecimiento. Toca y toca unos garabatos melódicos que a ratos parecen ilegibles y a ratos celestiales. Nada conocido, pura invención, como si el instrumento estuviera encantado, y ella con él. Ahora está durmiendo. Cuando escuches el piano, ve y salúdala. No te inquietes si no te responde. Creo que está tratando de recuperar el tiempo perdido. Tiene que apurarse bastante.

—Y ¿el viejo?

—Tu padre va y viene, eso es lo único que no ha cambiado; así que ya sabes, nosotros también hemos pagado nuestra parte. Ahora falta el resto.

Todo eso dijo la madre con el nerviosismo de querer y no poder adivinar qué rencores o qué miedos había acumulado su hijo durante los años de ausencia. Creyendo, después de mucho pensarlo, que las malas noticias, así de sopetón, duelen menos.

—Y ¿Carla? —preguntó Serafín casi involuntariamente.

—¡Ahí! —respondió la madre con desgano—. Imagino que esperándote. Desde tu última carta no ha venido más.

—Y ¿Raúl?

—A ese muchacho, hijo, le debes estar agradecido. Fue el primero en venir y no ha faltado nunca. Ha sido fiel y honesto y quiero que sepas que también ha pagado su precio. Luego te contaré, pero te ruego que no quedes mal con él.

—Y ¿los demás? —inquirió Serafín con un poco de ansiedad—. Los del Instituto, los del barrio, los...

—¡Nadie más, hijo, nadie más!

—Es que tienen miedo, mamá.

—Sí, eso espero.

Lo peor que pudo hacer Serafín fue llamar por teléfono a casa de Carla y anunciar su visita. Ella contó con tiempo suficiente para acomodar sus emociones. Mucho más ventajoso para él habría sido llegar de improviso.

Luego del abrazo, el palpitar de los pechos, las manos temblorosas y el diálogo entre pupilas. Luego incluso de los comentarios de rigor, «estás más flaco», «tú estás igualita», se imponía el reencuentro de los labios. El ritual milenario que sella o separa para siempre; que despeja o clausura el camino a la felicidad. Pero cuando él lo intentó, ella tragó en seco y, con un leve movimiento de cabeza, lo evitó.

Serafín habría querido insistir, pero asimiló el despecho con la resignación de quien lleva culpa, de quien empieza a creer en las predestinaciones, en lo irremediable de los errores y de quien comienza a encontrar mensajes cifrados en las cicatrices, los lunares, los golpes de viento; los portazos que, como anunciaciones, nos va dejando la muerte a lo largo y ancho de la vida. Así que, con el beso por entregar colgado aún de los labios, Serafín se despidió. Ella esperó a estar completamente sola para romper a llorar.

A Raúl, en cambio, lo tomó por sorpresa. Tocó a su puerta con la picardía de quien esconde un regalo, pero encontró a su amigo más bien confundido que alegre.

—¡Eh!, ¿cuándo te soltaron?

Fue Serafín quien tuvo forzosamente que insinuar el abrazo. Pero la calidez de su estrechón fue correspondida con una mal disimulada frialdad y con un perceptible nerviosismo que el recién llegado atribuyó a la sorpresa.

—¿Qué pasa, chico? No es un fantasma. Soy yo.

—¡Es que ha pasado tanto tiempo!

—¡No, viejo, no! ¡Tres años no es nada! Como dicen allá: «Más pasa el sapo debajo de una piedra».

Raúl sonrió. Miró a su amigo y le preguntó en el mismo tono de broma:

—Y ¿a ti qué te sucede? ¿Te has vuelto dicharachero o qué?

—Bueno, para romper el hielo.

De hielo eran las manos de Raúl. «Tengo que contarle la verdad… no puedo seguir alargando esto. ¡Estoy seguro de que él comprenderá!» Sin embargo, fue otra la pregunta que se le cayó de la boca.

—¿Ya viste a Carla?

—Sí, ya la vi.

Después de un incómodo silencio, a Raúl se le volvió a resbalar otra indiscreción.

—Y ¿qué tal el reencuentro?

—Nada. Todo normal —mintió el recién llegado.

Esta vez el silencio fue más largo e incómodo que el anterior.

—Bueno, hablemos de nosotros —invitó Serafín—. Sé que has tenido problemas. En cierta forma me siento culpable, pero quiero que sepas que te estoy muy agradecido y aunque no ando en condiciones de ofrecer nada, excepto problemas, puedes contar conmigo para lo que sea. Considérame más que tu amigo, tu hermano. En las buenas y en las malas. Sobre todo en las malas, que es cuando se conoce a los que son de verdad.

—Gracias, pero creo que exageras. Las cosas no siempre son lo que parecen; por eso tenemos que hablar con calma.

—¡Claro que sí, mi hermano!

—Ven, entra —sugirió Raúl.

—Y ¿tus padres?

—Trabajando. Podemos hablar con confianza.

—Es que me habría gustado saludarlos —aclaró Serafín.

—No te preocupes; es mejor así. Ellos todavía tienen sus ideas, tú sabes, de todas maneras hoy llegan tarde, así que no hay problema.

—Bueno, tú sabrás.

A Raúl le costó trabajo mirar de frente a su amigo.

—Dime una cosa... ¿fue muy duro?

—A veces.

—Pero... ¿Todas esas cosas que se cuentan? Algunas parecen increíbles.

—Sí, parecen increíbles.

—Es que uno no sabe ya a quién creer.

—Cree en la evidencia.

—Pero la evidencia es confusa.

—Entonces confía en tu instinto.

—El instinto... te puede engañar. ¿No te parece?

—Bueno, en ese caso busca, averigua. No te conformes con la primera respuesta.

—Y ¿después?

—Después... después de la verdad, cuando te pares frente a ella, cuando la reconozcas definitivamente, tendrás solamente dos caminos: o la ignoras o la enfrentas.

—¿Qué escogiste tú?

—¿Yo? Yo vengo de regreso y estoy derrotado. Para los tipos como yo hay una sola vía: huir. Nada heroico, pero en último caso es preferible escapar a ser cómplice.

—Mira, Serafín, tengo que confesarte que me siento muy incómodo teniendo esta conversación contigo. Tú me conoces, yo no he sido nunca un rebelde, ni quiero serlo. A mí siempre me pareció que las cosas son como son y punto. Uno no puede andar por ahí cuestionándolo todo, haciendo de la amargura un estandarte. No tengo alma de redentor, pero por otro lado no me gustan las injusticias y lo que han hecho contigo se pasó de la raya. Eso lo tengo claro.

—Precisamente por conocerte te lo agradezco más.

—Pero no es en ese sentido como debes agradecérmelo.

—No te entiendo.

—Mira, yo sólo quise ayudarte, evitar que te metieras en males mayores. Pero nunca me imaginé... en todo este tiempo he pensado mucho en ti, he revaluado... he roto... pero no puedo dejar de sentirme culpable.

—No te entiendo bien, pero debo confesarte que el que se siente culpable soy yo...

—¡Pero tú eres inocente!

—No tanto.

—¡Tú no hiciste nada!

—¡Yo sí hice Raúl! No te engañes. Sí hice... sí. No te engañes, amigo, yo no soy inocente. Es más: creo que cuando pasen los años y toda la mierda salga a flote, muchos sentirán vergüenza de haber sido inocentes.

—¡Pero yo creía que eras inocente!

—¡No, Raúl, nunca lo fui! ¡Nunca! ¡No quiero serlo! ¡Ahora menos que nunca! ¡Tengo demasiadas deudas pendientes! Debo asumir el riesgo. ¡Mírate a ti mismo! ¡Todos los problemas que te has buscado por mi culpa!

—No ha sido exactamente así, Serafín. Ya te dije que hay cosas que no sabes.

—Hay cosas que tú tampoco sabes. Déjame terminar, tengo que desahogarme. Te quiero ofrecer disculpas.

—¿Disculpas? ¿Por qué?

—Por haber desconfiado de ti; por no haberme dado cuenta antes de que estabas por encima de toda esta porquería. Tengo que decírtelo y se me cae la cara de vergüenza... pero entre nosotros ya no puede haber secretos, hemos sido golpeados por el mismo puño. Hubo un tiempo en que te creí un fanático, uno de esos cabezas huecas llenos de miedo con los que te reunías. Pensé, y espero que me disculpes, que había que cuidarse de ti. ¡No sé cómo pude tener esos recelos! No lo vas a creer, pero llegué a pensar, ¡mira qué tontería!, que me goloseabas a Carla. ¡Pero me has dado una galleta sin mano! ¡Has sido precisamente tú el único! Por eso he venido, como corresponde, a ofrecerte disculpas.

—¡Pero quien debe disculparse soy yo! ¿No lo entiendes, Serafín? ¡Yo creía que eras inocente! ¡Qué no habías hecho nada grave!

—¡No! ¡Eso no! ¡Te juro que no! A ti te lo puedo decir. ¡No puedo ser inocente! ¡No quiero serlo! ¡Soy culpable! Ellos no se equivocaron. Me reconocieron. ¡Te juro que soy culpable!... ¡Te juro que soy culpable!... ¡Es lo único decente que se puede ser! ¡Mira, tú no te darás cuenta, pero también eres culpable y debes sentirte orgulloso de serlo!

—¡Sí, Serafín, yo sí me doy cuenta! ¡Pero no puedo sentirme orgulloso!

Serafín no entendió la respuesta de su amigo.

No se lo dijo. Le faltó valor. Una vez más se quedó sin fuerzas para enfrentar la realidad. ¡Verdad que era una situación difícil... muy difícil! ¡Pero él se había preparado con tiempo! Estaba a punto de vencer la barrera cuando Serafín mencionó a Carla y eso fue suficiente para frenarlo en seco. Se sentía capaz de explicarle casi todo, menos lo de Carla. Siempre le pasaba igual, desde niño. Habría dado lo que no tenía por ser valiente, pero nunca lo fue. No se trataba siquiera del coraje físico, sobrevalorado a su modo de ver, sino de la valentía espiritual. Sabía, porque lo había aprendido amargamente, que vivía en un mundo donde se rendía culto a ciertas violencias, como a determinados placeres. Y soñaba con una época en la que hubiera lugar para el cobarde, para el hombre de paz que era él. El valor físico le parecía, por demás, circunstancial. Con lo que no lograba reconciliarse era con su flaqueza moral. Para eso no encontraba pretexto convincente. Él sabía a la perfección que las coartadas doctrinales no justificaban su actitud y que a la larga, cuando el telón de fondo cambiara, él quedaría desnudo en medio del escenario. Él y nadie más que él. ¡Y hasta los que lo alentaron o justificaron antes, lo señalarían entonces! Así había sido siempre y, llegado el caso, no tendría por qué ser diferente.

Pero no podía engañarse. Raúl reconoció que su pensamiento carecía de consistencia y que sus ideas variaban de sentido según el estado de ánimo. Le era muy difícil asegurar «yo pienso así, de esta manera» porque hoy era así y mañana no. Y volvía a recordar con añoranza aquellos tiempos en que iba lleno de certezas, en que las fronteras de las cosas estaban claramente delimitadas y no tenía que debatirse entre tinieblas. Pero eso ya no era posible y ahora lo mismo encontraba justificación para cada uno de sus actos, que al minuto siguiente se derrumbaba abrumado por el peso de la culpa. Ni siquiera había grandeza en su expiación. Tal vez por eso se quedó sin ánimos para enfrentar a su víctima, para confesarse y poner las cosas en su lugar.

Había imaginado el momento en que Serafín se le plantara delante, y hasta ensayó en silencio las mil maneras de soltarle la bomba. Estaba seguro de que el encuentro personal acrecentaría su mala conciencia, pero cuando estuvieron frente a frente, cuando habló con él y lo miró por fin a los ojos, se dio cuenta de que no sentía el remordimiento imaginado. De tanto sopesar su venialidad, había terminado familiarizándose con ella. Ante su víctima comprobó que no experimentaba nada parecido a la contrición, y eso cambió por un momento las reglas del juego, le hizo creer que le daba igual la reacción del contrario. En el fondo es cierto que le daba lo mismo. Y por ello, en un principio, perdió el miedo a decirle la verdad. ¿Qué podría hacer el otro? Nada. El poder estaba de su parte. Fue la mención de Carla lo que le impidió tirarse de cabeza. La cuenta estuvo clara: si se confesaba ante Serafín, éste se lo diría a Carla y eso significaba perderla para siempre. Ella vendría a pedirle explicaciones y él no sabría qué responder. Tenía la posibilidad de mentir, por supuesto, pero sobre una duda de tal magnitud es muy difícil sostener cualquier relación. ¡Y a esas alturas, lo único importante para Raúl era conservar, a toda costa, la relación espuria que mantenía con Carla!

La verdad es que, desde que soltaron a Serafín, se moría de celos. Desde antes: desde que el equívoco le abrió la caja de los sueños, los desgranó, y los puso al alcance de su mano oportunista. Se sentía el gemelo impostor de Twain y como en la trama de los príncipes trastocados intuía que el regreso del otro significaba el fin de la farsa. La vuelta a la mendicidad. Sus fantasías conscientes resultaban cada vez más depresivas y en ellas acariciaba la posibilidad de que Serafín se complicara allá adentro para quitárselo de encima. Luego se arrepentía brevemente de su mezquindad y acto seguido urdía otra trama en la que siempre, libre de culpas, apartaba al otro del camino. Pero su maquinación más recurrente era aquella en la que Carla, puesta a escoger, se decidía por él, fulminada de amor, y en la que Serafín daba media vuelta y se alejaba derrotado. Las variantes se volvían cada vez más infantiles y se mezclaban con aquella otra vieja ilusión en la que constantemente, de forma caballeresca, se veía salvando a su heroína de un peligro inminente, dando la vida por ella y concitando su amor eterno y agradecido. Pero acto seguido comprendía que el amor por compasión es el más humillante de todos, o el menos adecuado para una aspiración machista. Entonces se imaginaba tórridas escenas carnales, en las que de tantos bríos y mañas terminaba por deslumbrar a su poseída.

Cuando Serafín estuvo ya en la calle, las aprensiones de Raúl se multiplicaron. Espiaba a Carla por las esquinas para averiguar si salía con el recién liberado y se inquietaba al saber que el reencuentro de los antiguos novios se había producido antes de que él lo supiera. «¿Se besarían?, ¿qué habrán hecho?», se preguntaba lleno de inseguridad. Su nerviosismo aumentó porque Carla estuvo casi una semana sin dar señales de vida y cuando reapareció no mencionó a Serafín, como si éste no existiera o no hubiera regresado jamás. Raúl no tenía idea de cómo actuar. El silencio de ella impedía las preguntas de él, y esto aumentaba su incertidumbre.

Sin embargo, en este joven había más dobleces de la cuenta. Porque lo que ni Carla ni casi nadie conocía era que Raúl tenía otra novia secreta. O casi secreta, porque en el círculo de la militancia la relación fue oficial desde el principio. Fuera de allí, Raúl sentía vergüenza de presentarla. La más militonta entre las que se destacaban y la más fea; no tanto porque sus rasgos fueran groseros, sino porque carecía de gracia: seca, arrogante, inflexible. Tenía unas caderas generosas y unos labios jugosos, pero el carácter la mataba. La belleza es el carácter. Se llamaba Clorofila: hija de una familia poco instruida, había recibido tan ridículo patronímico simplemente porque a su padre le había parecido un homenaje adecuado a la reforma agraria. Sin embargo, nunca la llamaron de ese modo, sino que desde muy pequeña le achicaron el nombre y a partir de ahí todo el mundo la conocería por Cloro. Precoz en su mal genio, era tan ácida Cloro, que a su alrededor se desteñía el más optimista.

Se conocieron en un campamento para vanguardias provinciales. Lo más selecto de la juventud comunista se reunía en aquellos campismos de verano. Se pasaban el día con el puño cerrado, gritando consignas contra el enemigo, y en la noche, como premio, se armaba la gran fiesta. Esa vez hubo fogata y baile y una botella de alcohol que fue su perdición. Amaneció con Cloro entre las piernas, sin saber con exactitud cómo ni cuándo sucedieron los hechos. Sintió vergüenza pero eso no impidió que a la siguiente noche repitiera la dosis. Sus compañeros empujaban para divertirse y en parte con la esperanza de que un romance ablandara el corazón de la más excesiva entre las extremistas. Dieron en el clavo: flechada en cuerpo y alma, Cloro bajó la guardia. Al menos por un tiempo.

En aquel entonces a Raúl le vino muy bien el noviazgo semiforzoso, así que se tragó sus escrúpulos y aprovechó los contactos de Cloro dentro de la organización para alcanzar su aspiración de ascender hasta el Comité Nacional. ¡Ni por un segundo le pasó por la cabeza el lío en que se estaba metiendo! Porque fue Clorofila la que lo arrastró por los peores senderos del oportunismo y la delación; sin duda, en él había potencial, pero fue ella la que le enseñó los mil trucos de la doble moral, no los comunes y corrientes, sino los más elaborados y arteros con que se juega en las esferas a las que aspiraba el joven. Pues aunque Raúl pareciera un hombre de pocas miras, alguien que estaba en el bando oficial sólo por no buscarse problemas, en realidad tenía una necesidad oculta de demostrarles a los demás que él no era el poca cosa que tantos suponían. Carente de atributos especiales, el único camino posible era el de subirse al carro arrollador del poder absoluto.

La Cloro le metió también en la cabeza lo de la contrainteligencia. Le dijo que una forma de acortar camino era ésa: poner un buen caso en manos de los «segurosos». La televisión glorificaba de mil maneras ese tipo de actividad y daba a los vulgares delatores de barrio categoría de héroes. Por obra y gracia de la magia propagandística, los despreciables chivatos de siempre se sentían ahora agentes especiales en misiones de gran envergadura. Había también, por supuesto, algunas ventajas materiales, pero las psicológicas pesaban más. Un ejército de mediocres encontró la oportunidad de sentirse importante sin mucho esfuerzo. Y así, de carambola, se colocó Serafín en la mirilla de la pareja. Fue un domingo después del juego de pelota; Raúl visitaba a su amigo cuando éste lo dejó solo por unos minutos en la sala. «Disculpa un momento». No quedó claro a qué fue Serafín al fondo de la casa, pero sí que Raúl tuvo tiempo de fisgonear los papeles que estaban sobre la butaca del piano. Luego le contó a Cloro.

¡Y pensar que la relación con aquella fea mujer estuvo a punto de no materializarse! ¡Cuántos problemas no se habría evitado! Pero el destino a veces es bromista. Lo que pasó fue que, meses atrás, había conocido a una estudiante de música: una belleza tan llamativa como la propia Carla. La versión trigueña de su amada. Se volvió momentáneamente loco. ¡Es increíble que terminara siendo él quien la dejara! Vivía en Bejucal y visitarla resultaba una verdadera odisea. ¡Pero valía la pena! Raúl nunca había conocido a una joven tan alegre y con semejante sentido del humor. Era capaz de sacarle filo a las cosas más insulsas. Llena de chispa, poseía una facilidad asombrosa para ligar chistes. No era la típica persona que se te planta delante y anuncia que va a hacer un cuento gracioso. No. Nereida de verdad tenía gracia y sus salidas solían ser tan inesperadas como agudas. Lo que en boca de otro caería pesado, dicho por ella sonaba bien. Tenía un don. Era tal su agilidad mental que siempre sorprendía a sus interlocutores. Algunos le habían recomendado que se presentara en la televisión, pero en cuanto se paraba frente a un micrófono, perdía la vis cómica. Porque Nereida era una espontánea. También podía resultar chusma: manejaba a la perfección el argot y en las escuelas al campo había aprendido las palabrotas de los hombres, aunque es justo decir que ella solía administrarlas con cierta mesura y que casi siempre las usaba para acentuar una ironía o para hacer el retrato de algún personaje ridículo.

Raúl estuvo encantado hasta el día en que Neri, como le decían en Bejucal, ligó un chiste a su costa. Los demás se doblaron de la risa y él se acomplejó. Se pasó una semana sin responder sus llamadas. ¡Pero era tan hermosa! ¡Y estaba tan dispuesta siempre a irse a la cama! Neri hacía el amor como solía hacerlo todo: con alegría. No era empalagosa, no acariciaba con ternura excesiva, más bien jugaba de manos, hacía cosquillas, retozaba y se divertía un montón. Una vez lo discutieron y ella le explicó su concepto:

—Si el amor es felicidad no veo por qué hay que ponerse tan dramático, papi. ¿Qué quieres? ¿Qué jadee como una asmática? ¿Qué me vuelva histérica? ¿Qué llore y te arañe la espaldita? ¡No, mi chino, si esto es pa'gozarlo no pa'hacerse daño! Lo siento, pero no tengo la intensidad de una poetisa... ni entiendo por qué algunos hombres aprecian esas pantomimas. Copular es de obreros. Yo aspiro a algo mejor.

Raúl no sabía cómo lidiar con aquello y cada vez que lo hacían era ella la que dominaba, la que imponía el ritmo y la posición. Pero más lo desconcertaba que la joven, en el momento culminante, en vez de gemir, reía. Se moría de la risa, por no decir que se venía de la risa. Le entraban unas carcajadas interminables y empezaba a ligar chistes inconexos. A Raúl le costaba mucho trabajo mantener la concentración. Era una loca en la cama, literalmente. Una loca en llamas. Porque Neri se divertía, pero no por ello dejaba de disfrutar. No quería decir que fuera frígida, todo lo contrario: era muy sensual, pero a su modo. Irreverente hasta en el más mínimo gesto.

La última vez le puso la tapa al pomo. Por la tarde, en el portal común, se había formado una desagradable discusión entre dos vecinas por el tema de la comida: una se quejaba de que sus hijos pasaban hambre, de que el sistema nada más permitía la compra de leche para los niños menores de siete años, y la otra rechazaba las críticas con una pasión exagerada; Raúl, sin que nadie se lo pidiera, intercedió a favor de la que defendía la posición oficial. Neri se puso de parte de la primera. Un policía pasó por la acera y todo el mundo entró a las casas. Eso sucedió al mediodía. Por la noche se fue la luz y para matar el tedio empezaron a jugar de mano. Muy pronto estuvieron desnudos. Raúl, al fin, lograba mantener la iniciativa y ella se iba dejado llevar en silencio. De pronto, en el instante definitivo, fue él quien rompió el hechizo con una vulgaridad imperdonable:

—¡Dame la leche! ¡Dame la leche, mami!

Y a ella, como despertada de repente, le entró el más escandaloso ataque de risa, lo apretó contra su pecho y, agarrada así, empezó a gritar como una pregonera:

—¡Claro que sí! ¡Coge toda la leche, mi nené! ¡Si tú lo que tienes es hambre, que yo lo sé!... ¡Coge toda la lechita, mi bebé, si tú lo que tienes es sed! —y se venía de la risa.

No era para tanto, pero Raúl se sintió humillado, burlado, disminuido. No volvió a buscarla. Se quedó sin entender que esas carcajadas eran de felicidad, una felicidad en su estado puro. Agarró sus maletas y se fue para el campamento donde luego conoció a Cloro. Huyó convencido de que el amor debía ser intenso, dramático... nunca un relajo. Pensó en los grandes amores de la literatura: Paris y Helena; Edipo y Yocasta; Romeo y Julieta; todos trágicos. La comedia y la pasión no ligaban. El gran amor era cosa seria. Y Raúl, como todos los tontos, aspiraba al gran amor.

En eso apareció Clorofila. De no haber sido por aquella botella de alcohol, no se habría enterado de las bondades que ofrecía en la cama esa mujer fea y voluptuosa. Dura por fuera y blanda por dentro. ¡Cloro lloraba de placer y lo hacía sentirse un hombre fuerte! ¡Cloro gemía, maullaba, sufría de gusto en cada penetración! Nunca se rió. Nunca se rió de él. Al principio se vieron bastante, pero luego menos y, al final, de vez en cuando, porque ella estaba interna en una escuela muy exclusiva, «becada» lejos de la ciudad y los fines de semana las actividades programadas ocupaban mucho de su tiempo libre.

Luego del arresto de Serafín, Cloro pidió más: le exigió a Raúl la cabeza de la señora Emilia y cuando éste empezó a trastabillar lo emplazó delante de los demás militantes. La situación se complicó cuando Carla entró en escena. La Cloro se puso verde de celos. Raúl se justificó con el cuento de que vigilaba a «la desafecta», pero no le creyeron. Clorofila Sánchez Sánchez exigió entonces una prueba de amor: un informe demoledor contra Carla María Miranda. El pobre Raúl se derrumbó. Ahí empezó su caída. Fueron borrándolo poco a poco hasta hacerlo casi desaparecer. Y si no terminó haciéndole compañía a Serafín en la fortaleza de San Cristóbal de La Cabaña fue porque la muchacha fea de las caderas generosas tenía otros planes para él: convertirlo en su amante secreto. Ahora era ella la que, por razones de conveniencia, escondía la relación. Lo mantuvo atado bajo una eficaz combinación de promesas y amenazas. Renunció a él como persona pública, pero no como objeto de placer. Lo hizo su esclavo personal. Y con aires de Mesalina, lo utilizaba cada vez que sentía deseos. La suerte del siervo fue que su ama no tenía demasiado tiempo disponible. Además, vivía y estudiaba muy lejos. Aunque la verdad es que Raúl también se aprovechaba de ella. Porque mientras no pudo ponerle un dedo encima a Carla, desahogó la frustración en sus brazos. Cerraba los ojos y cambiaba el rostro vil por el hermoso. Ensayaba sobre la carne impuesta las caricias que esperaba dar algún día a la piel deseada. Y le hacía el amor a una a través de la otra. También le servía para tener a quien culpar a la hora de enfrentar la mala conciencia. Además, creía estar trabajando a favor de su rehabilitación, sin darse cuenta de que para Cloro mantenerlo así era la situación perfecta.

Cuando quiso quitársela de encima, halló una resistencia tremenda. Fue después de la tarde mágica en que entró con Carla María a la sala abandonada del cine Roxy. Aquel resultó ser el día más feliz de su vida y luego de dejar a Carla en la puerta de su casa, caminó sin parar durante horas, mirando al cielo y respirando profundo. Llegó hasta el túnel de Línea y cruzó al Vedado, luego regresó por El Puente de Hierro, enfiló por la avenida 31 y, sin saber cómo, llegó hasta el reloj de 12, en plena Quinta Avenida, miró las estrellas acostado en uno de los bancos de cemento y hasta cantó en voz alta. El amanecer lo sorprendió en La Playita de 34, o en la de 16; nunca lo recordaría bien, tal era su éxtasis. La felicidad no repara en esos detalles.

Unos días más tarde le soltó a Cloro que no quería seguir viéndola. Ella no lo aceptó. Lo sometió a un interrogatorio incomodísimo y cuando comprendió que la ruptura iba en serio, esgrimió la peor de las amenazas:

—¡Te voy a denunciar!

—Por primera vez en su vida Raúl Pérez no se sintió intimidado. Le sostuvo la mirada, esbozó una sonrisa irónica, casi compasiva, y sin alterar la voz le contestó, le deletreó:

—El que te va a denunciar soy yo.

Señora Emilia: estoy dispuesta a todo. Quiero decir, a contarlo todo. A perder el pudor y narrar las cosas como son, o como fueron, o como quisimos que fueran. Espero que ya nada la sorprenda. Sin embargo hay más: falta mi parte. Yo también tengo algo que decir; yo también quiero ripiarme el alma y tenderla al sol, para que se refresque o para que se queme, me da igual. Falta mi punto de vista, falta como en verdad creo que soy y no como me vieron o me pintaron ellos. O en el caso de Serafín, su hijo, mi amor ¿mi amor?, como no me vio, como no me pintó.

Estoy en el deber, además, de aclarar algunos detalles importantes. Debo poner cada punto en su lugar. Sin ello usted no sabrá qué fue en verdad lo que leyó, ni a quién pertenece cada parte.

No negaré que ando llena de rabia, que soy un almacén ambulante de frustraciones, ni que voy por el mundo cargada de un odio infernal. Prometí no andarme con tapujos. Hace mucho que se me agotó eso que llaman capacidad de perdón y rezo todos los días, con sádica devoción, para que aquello explote de una vez. Prometí decir la verdad y ésa es. Llevo demasiados años sumando rencores. Desde aquella mañana en que mis tiernas y alegres compañeras de clase, azuzadas por la respetable directora de mi querido colegio, me aplastaron el alma a pisotones: por eso está llena de grietas, por eso quiero tenderla al sol, coserle los mil orificios con esta madeja de palabras. ¡Si no, que se pudra! Ese día crecí de un tirón brutal, me hice de pronto adulta bajo una lluvia de insultos y escupitajos. Ese día dejé de ser niña y no he querido, no he intentado serlo más. ¡Prefiero estar alerta! Eso lo digo ahora, cuando ha pasado el tiempo y una sabe juzgar, o cree que sabe; pero en aquel momento culpé a mis padres. Ellos, con su decisión de irse, me metieron de sopetón en el rincón oscuro de la vida, de aquella vida que era la única que yo conocía; me enfrentaron descarnadamente a todo mi mundo posible, a cuanto tenía por querer y cuidar. Por causa de aquella decisión, incomprensible para mí, de la que nadie me ofreció explicaciones claras, me había convertido de la noche a la mañana en una apestada. Cuando regresé a casa llena de magulladuras, arañazos y lágrimas, recibí en vez de consuelo la reprimenda histérica de mi madre: «¡Te fuiste sin permiso! ¡Eso te pasa por desobediente!». Y el hosco mal humor de mi padre por no encontrar manera de hacer justicia o de tomarla por su mano: «¡Si yo pudiera!», decía entre dientes. Me llenaron de ungüentos y reproches. No entendieron que mi dolor más intenso andaba piel adentro: en las heridas ocultas bajo las heridas visibles.

Me costó años encontrar la ruta del perdón. Más o menos. A veces me pierdo. Sin escuela ni amigos que querer ya, mi obsesión fue escapar; largarme definitivamente a ese lugar prometido donde nadie, tan sólo por despedirme, me escupiría a la cara. Por eso, cuando todo se frustró y no tuve más opción que regresar al mismo sitio, culpé a mis padres.

Es verdad que me volví silenciosa, pero no fue por venganza, fue por miedo. Un miedo intenso que me dura hasta hoy. Todavía, a estas alturas, cuando alguien me saluda con exagerada efusividad o gesticula frente a mí, doy, sin poderlo evitar, un paso defensivo hacia atrás.

Mi único consuelo de aquellos días fue su hijo, mi Serafín. Al principio no pensé mucho en él. Pero poco a poco se convirtió en mi secreto escudero. No es que él hiciera algo especial por ganar mis simpatías, pero la memoria de su gesto fue magnificándose a medida que crecía mi desamparo. Trataba de reconstruir los hechos hasta el último detalle; no los desagradables, que en realidad quería borrar, sino el instante de alivio en que apareció él. La verdad justa es que poco podía recordar: estaba demasiado aturdida, pero me fui inventando toda una escena donde cada vez aparecía más sobredimensionado. Ante mis ojos de niña indefensa, se me hizo un gigante. Ahora, cuando lo pienso en seco, me doy cuenta de que sólo reparé en él a mitad de camino, cuando sin abrir la boca, sin comentario ni palabra de alivio, me acompañó hasta la casa. De haberse limitado a disolver la turba, de haberme dejado regresar sola, nunca habría sabido la identidad de mi héroe. Aunque aquel día todavía no lo era, estaba aturdida, ya lo dije, y él más bien parecía un padre arrastrando de vuelta a la hija descarriada. Yo hice al héroe, lo fabriqué en mi afiebrada cabecita. Lo necesitaba y me lo inventé. Lo pinté de azul, lo cincelé a la medida de mi desolación.

Volver a la escuela no fue fácil, yo no quería, pero la ley obliga y mis padres no estaban para buscarse líos. Pensaron mudarse, pero como la casa quedaba en *zona congelada*, resultó más complicado de lo que creían. A mis padres los trajeron a Cuba huyendo de la guerra civil, eran entonces muy pequeños y se acostumbraron rápidamente a la nueva patria, adoptaron sin dificultad el acento habanero y se vieron siempre a sí mismos como cubanos. Para mis abuelos fue más difícil; nunca perdieron el ceceo, aunque el de mi abuela materna, que era canaria, casi no se notaba. Vivieron eternamente soñando el regreso a una España imposible.

Tal parece que los cuatro emigrantes, asustados con la idea de que sus hijos cayeran bajo el embrujo de amores indianos, propiciaron el encuentro de los chicos. Papá dice que se conocieron, ya adolescentes, en un baile del Centro

Asturiano, pero nuestra madre asegura que fue mucho después, en una fiesta navideña en la Sociedad Artística Gallega. Quienes supieron la verdadera trama, quienes la propiciaron y empujaron, fueron sin duda mis abuelos, pero mis padres nunca se enteraron del asunto y hasta hoy siguen discutiendo sobre las «casualidades» que hicieron posible su particular historia de amor.

Mi abuela materna se llamaba Carmen y por parte de padre, era de suponer, María. Carmen y María eran como el aceite y el vinagre: alborotadora una y comedida la otra. En cambio los abuelos parecían cortados con la misma tijera y, para colmo, los dos se llamaban Manuel y a ambos les decían Manolo, por lo que todo el mundo terminó por llamarlos Manolo 1 y Manolo 2. ¡Eran dos almas de dios! Manolo 1 tenía unos bigotes decimonónicos con los que me encantaba jugar de chiquita, y Manolo 2 llevó boina hasta el último día de su vida. No tenían que abrir la boca para decir de dónde eran. Trabajaron como mulos, labores de inmigrantes. ¡Qué más podían hacer! Ahorraron hasta el último centavo y abrieron, en cuanto fue posible, el negocio soñado: una carpintería el 1 y una mueblería el 2. Hasta que la naturaleza de sus propios negocios los convirtió en amigos y luego en socios. Levantaron cabeza, es verdad. ¡Pero les costó una vida! ¡Día tras día! ¡Sudor sobre sudor! ¡Y sus hijos fueron a la universidad!, que era un sueño mayor que el de sus propios negocios. Mi padre estudió para abogado, pero en el camino se aficionó a los muebles finos y terminó abriendo una tienda, de antigüedades. ¡Era su mayor orgullo! Más que una tienda, aquello era un centro cultural, un punto de encuentro de la bohemia habanera: poetas, músicos y pintores se reunían allí para compartir un mismo gusto por la belleza. Pero sobre todo pintores. Papá se complacía haciendo de mecenas. ¡Un mecenas con serias limitaciones económicas, pero mecenas al fin! Varios de aquellos pintores eran verdaderos genios, decía él, pero nadie les hacía caso. Terminó comprando un montón de cuadros que calificaba de obras maestras, pero que mis abuelos miraron siempre con el estupor de quien ve botar dinero. ¡Ahora resulta que algunas de esas telas valen todo lo que tú quieras y están en manos de cuanto especulador se pueda uno imaginar! Pero para mi padre no eran una inversión, sino un hecho cultural, una prueba de amistad y en cada uno de ellos había, a no dudar, un trozo de su juventud, una anécdota, un recuerdo. Aquellas pinturas eran su patrimonio más preciado.

Al principio de los sesenta, cuando todo cambiaba apresuradamente, la familia comenzó a inquietarse. «No te preocupes, Manolo, que esta bronca es con los yanquis». Pero cuando se acabaron los yanquis siguieron con el resto y un día, un amanecer artero, se enteraron los Manolos de que sus ahorros habían pasado a formar parte de los fondos colectivos de la nación. «¡Viva la igualdad!», gritaban los borrachos de la esquina. Aquellos previsores que escondieron su dinero bajo la cama no pudieron dormir por mucho tiempo su plácido sueño de billetes porque otro anuncio convirtió el relleno de sus colchones en papel de quemar: habían cambiado la moneda y ahora aparecían en el impreso otras barbas y otros fusiles. Sólo quedaron en pie los pequeños negocios familiares. Mi gente se sobrepuso al golpe con un conformismo romántico:

—Bueno, mientras sea por el bien colectivo.

—¡Pero no seas imbécil, Manolo, que terminarán quitándonoslo todo!

Y así fue: un lunes de 1967, recuerdo que era lunes porque estaba jugando en el portal cuando papi llegó de mal humor y dijo al aire:

—Creo que la semana ha empezado muy mal.

Yo me sentí aludida:

—Hoy tocaba matemática y no pusieron tarea —le dije.

Entró como si no me hubiera escuchado. Luego llegaron los abuelos, sudorosos y preocupados, estuvieron reunidos hasta muy tarde en el comedor y la discusión fue tan fuerte que yo podía escucharla desde el cuarto. Fueron días difíciles.

—A partir de hoy, tanto la mueblería como la carpintería, pasan a ser propiedad del pueblo.

—Pero es que ni siquiera nos ofrecen una compensación.

—Nos han hecho el honor de convertirnos en propietarios de cuanto hay en el país... ahora todos somos dueños de todo.

—No jodas, van a terminar pidiéndonos a las mujeres para compartirlas por igual.

—Hemos acabado con el egoísmo.

—¿De qué igualdad me hablas, Manolo, si ahora los que mandan serán los únicos dueños?

—¡Viva la Revolución!

—Viva la *robolución*, Manolo, que eso es lo que es.

—¡Elecciones para qué!

—¿Elecciones para qué?

Lo de mi padre fue peor. Sabía que a su tienda de antigüedades le quedaba poco, pero lo de los cuadros no lo pudo soportar.

—Esos nunca estuvieron a la venta —argumentaba con desesperación.

—Y ¿para qué los tiene aquí en la tienda? —le contestaron.

—Mire, fíjese bien, están dedicados por sus propios autores.

—Lo sentimos, compañero, pero esto forma parte del Fondo de Bienes Culturales de la nación.

—Pero son como objetos personales, ellos fueron mis amigos, algunas de esas telas, aunque no lleven mi firma, están hechas también por mí, basadas en temas que yo escribí y ellos convirtieron en pintura... mire, esa campesina que usted ve ahí, con el pañuelo en la cabeza... es mi esposa.

—Y ¿su esposa es campesina?

—No, pero él la quiso pintar así.

—Y ¿usted tiene suficiente pared en su casa para colgar todos estos cuadros? ¡Seguro tiene un inmueble más grande de lo que necesita!

Y mi padre se calló la boca porque comprendió claramente el sentido de la amenaza. Algún tiempo después descubrió en el Palacio de Bellas Artes el cuadro de mi madre. Íbamos en grupo a contemplarlo.

—No se parece a mamá.

—Era más joven, pero sigue igual de bonita, hija.

—Al menos aquí pertenece a todos.

Y papá miraba la pintura con resignación y tristeza:

—Él decía que era nuestra gitana —y volvía a contemplar la tela con una mirada melancólica—. ¡Era un gran pintor! Un gran amigo —nos recalcaba.

Con el tiempo nos acostumbramos a la idea y las excursiones al museo se hicieron más esporádicas, hasta que prácticamente dejamos de ir. Pero una tarde, mi padre entró con un viejo amigo y no vio el cuadro en la pared del museo, buscó en las demás salas con la esperanza de encontrarlo y cuando comprobó que no estaba en todo el edificio, formó tremendo escándalo. Le dieron mil explicaciones y se pasó años haciendo gestiones, escribiendo cartas, entablando demandas. En todas partes le propinaban un pretexto distinto. ¡Nunca vi a mi padre tan triste! Comprendí que aquella tela, entre todas las que tuvo, representaba algo muy grande para él. Rogué al cielo para que algún día la volvieran a exhibir en el museo, en un lugar preferencial, para orgullo de mi familia y de cuantos aman el arte y lo que de bueno hay en él. A mi padre le dolía aquel misterio.

Pero ésta no fue la razón por la que decidió irse. Fue por lo del abuelo. Un día tocaron a la puerta convocando a una manifestación de apoyo y el viejo les respondió con un grito:

—¡Yo no apoyo esta mierda!

Estuvo cinco días detenido. Hubo que mover cielo y tierra para poder sacarlo.

—Llegará un momento en que nadie meta la mano en la candela por nadie... y a los viejos no habrá quién los calle. O nos vamos o terminamos mal.

Pero irse tampoco era fácil, como creen algunos. ¡Si no, se hubiera quedado aquello vacío! Nosotros no tuvimos suerte... y yo, después de todo lo que me pasó, me vi obligada a regresar.

La escuela no volvió a ser lo mismo. Tenía un miedo tremendo, pero la presencia de Serafín me tranquilizaba. Aunque no me dirigía la palabra, empecé a ver en su silencio un algo protector. Ahora comprendo que él también tenía miedo: miedo a las explicaciones exigidas, a pasarse de la raya, a verse en la necesidad de ser defendido y no encontrar a nadie dispuesto a hacerlo, a verse, en fin, en mi lugar. ¡Hasta los niños sabíamos cuáles eran las reglas de aquel juego endemoniado! ¡Millones de personas jugando a ser lo que no eran! ¡Asumiendo posturas y papeles ajenos! ¡Todo un carnaval de disfraces! Dos adultos, perfectamente serios, podían estar durante treinta minutos defendiendo una tesis en la que ninguno de los dos creía, pero se despedían satisfechos de haber representado su papel con suficiente convicción, más o menos como el actor se siente complacido al caer el telón. ¡Pero este telón no caía jamás! ¡Y los actores se veían en la necesidad de seguir representando el personaje a la salida del teatro, y al caminar por la calle, y en la casa y en la oficina! ¡Y resultó lo más aburrido del mundo porque todos terminaron interpretando el mismo personaje y haciendo los mismos gestos, las mismas muecas, entornando los ojitos con igual gracia y repitiendo idénticos bocadillos con similar entonación! ¡Y como todos parecían estar perfectamente de acuerdo y todos aseguraban ser inmensamente felices, la obra, o la vida (que a esas alturas era lo mismo) se tornó plana y desabrida! ¡El encantado mundo de los muñecos de cuerda! Cuando alguno giraba en la dirección contraria, la mano poderosa que a todos movía lo sacaba de circulación y lo enviaba al taller de reparaciones, donde si persistía en sus equivocados movimientos era convertido en chatarra. ¡Los niños mejor que nadie entendíamos las reglas del juego! ¡A fin de cuentas era un juego de muchachos! ¡Serafín sabía con cuánto cuidado había que moverse! Por eso se mantenía a distancia. Yo era una muñeca defectuosa y acercarse a mí podía ser peligroso.

Me empeñé en ver más de lo que había. Glorifiqué su mutismo, lo interpreté como un secreto gesto de complicidad, de aceptación mutua, de desprecio compartido hacia aquello que nos rodeaba, en fin, exageré y fabulé. Tenía once años y necesitaba creer. No se puede a esa edad andar por el mundo sin creer en él. Por eso convertí a Serafín en mi mundo y por eso todo empezó poco a poco a girar en torno a su figura, a su modo de caminar, de mirarme en la distancia, de sonreír, de hablar o de callar. Me bastaba con saberlo presente, «gracias por existir», le decía en silencio y procuraba ser la más discreta entre las discretas para no espantar a aquel ángel protector. Empecé demasiado temprano a enamorarme. Y el amor es a fin de cuentas una gran fábula, una manera de decir «tú y yo nos entendemos, juntos podemos contra el resto, tomados de la mano es posible cruzar ese puente y llegar al otro lado de las cosas». El amor siempre está del otro lado, en la otra orilla. Amores que no cruzan puentes, que no los tienden, están condenados al abismo. Pero el puente entre nosotros siempre fue movedizo, colgante, y el abismo, tentador.

Lo de la Flaca me cogió de sorpresa, ser detestable entre los que detestaba, gusarapo repugnante, bicho malo, como le decían sus propias amigas, ¡y no siempre de cariño! La verdad es que aquello me cogió desprevenida. Tan embelesada andaba con mi amor platónico, tan ciega, que no me di cuenta del manoseo que se traían. ¡Y nada menos que con ésa! ¡La misma que me había dejado los cinco dedos marcados en el rostro! ¡La misma que aprovechándose del momento y del tumulto descargó sobre mí una ferocidad que sólo su mala entraña justifica! ¿Qué le había hecho yo? ¿Por qué ese odio repentino? ¿No era ella quien hasta el día anterior compartía conmigo juegos y juguetes? ¿No éramos nosotras las que estudiábamos juntas, las que hacíamos trampas en los exámenes? ¿Las que nos burlábamos de los maestros y descolamos la silla de la gorda? «Mi amiguita», «mi socia», «mi hermanita» ¡Qué porquería toda esa solidaridad fingida! ¡Qué hipócritas aprendemos a ser desde pequeños! ¡Qué abusadores! No la he perdonado nunca. Dicen que se fue, que ahora anda por Miami. ¡Nada menos que por Miami! Dicen que debo olvidar mis rencores porque las circunstancias han cambiado. Y yo respondo que sí con la cabeza y pongo cara de buena gente. ¡Mentira! ¡Mis rencores son lo único que tengo! ¡Lo único que me dejaron! ¡Y Serafín!, que me gastó el último vestigio de inocencia! ¡Yo lo creí mío! ¡Cómo se puede ser tan imbécil! ¡Sólo este fuego que me quema en el pecho es realmente mío! ¡Sólo esta candela que me devora y que me alimenta! Perdonar: ¡perdonar a la que minuciosamente se dedicó a amargarme la vida! ¡A quien fue y estoy segura de que sigue siendo la expresión viviente del egoísmo, la envidia y el oportunismo! ¿Víctima del sistema? ¡No me jodan! ¡Que ahora ande por Miami, así como si nada, paseando su descaro, es la prueba de que nunca creyó en aquello y de que toda su vida ha sido una farsa vulgar! No es que yo sea vengativa. Yo juzgo pero no condeno. ¡Ella sí era de las que condenaban! ¡Y lo hacía con una vehemencia aterradora! No me interesa tomar venganza. Sería lo de nunca acabar, lo comprendo. Pero mi desprecio infinito va por delante. ¡Eso no me lo puede quitar nadie! ¡La gente como ella me provoca asco y ese asco me salva, creo, de la podredumbre! En la vida hay personas que sirven de ejemplo. Pero esta expresión casi siempre se usa en el sentido positivo. «Ejemplos a seguir». No. No hablo de los «ejemplos» impuestos por las sociedades desde sus diferentes tribunas. Hablo de aquellos individuos, casi siempre de nuestra propia generación, en los que descubrimos un conjunto de virtudes que deseamos secretamente imitar. Esa arpía ha sido para mí un ejemplo en el sentido negativo, un ejemplo de cómo no debo ser. En esa criatura repugnante se encontraron todos los defectos que yo no quiero tener, todas las maldades que no deseo cometer. Ejemplo de pequeñez moral. A ella, sin duda, le debo mucho más que a cualquiera de las buenas personas que he conocido. Por eso mi deber es despreciarla, sentir asco por todo lo que ella significa. Recordándola cada día, sé a ciencia cierta lo que no quiero ser. Ella es un faro que, sin proponérselo, indica la ruta incorrecta. Muchas veces, cuando estoy en una encrucijada, me pregunto: «¿Qué habría hecho ella?». Y entonces veo claramente de qué lado están la justicia y la bondad. Y yo, a pesar de este rencor que me corroe, trato de ser una persona justa y bondadosa. Esa es mi ruta del perdón. Para ello no necesito moverme en grandes escenarios, como pretendía Serafín, me basta la escena doméstica y pueril del cada día. Es aquí, en el mundo íntimo de los que están al alcance de mi mano, donde me pruebo como ser humano y como mujer. La sociedad es para mí una abstracción. La sociedad son los míos, y defenderlos con honradez y fiereza es el único compromiso social que me planteo. Serafín quería arreglar el mundo y en ese afán abarcador se le perdían los pequeños detalles, las pequeñas pero dolorosas heridas que iba dejando a su paso. No quiero contestar todas las preguntas, bastante tengo con las que me saltan a la vista.

Para la graduación hicieron una fiesta, fue una cosa muy burda, a pleno día y en el patio. Resultó más bien otro acto político. Y aunque los viejos bailes eran considerados burgueses y hasta el álbum de fotos escolares había sido acusado de formar parte de los «rezagos del pasado», los padres se las arreglaron para engalanar a sus hijos: profusión de vuelos y lacitos entre las niñas; zapatos bien lustrados y hasta corbatas para algunos de los varones. Uno de los padres, ya no recuerdo de quién, fotógrafo en una vaquería, se ofreció para perpetuar la graduación. Era la etapa en que las vacas estaban de moda, salían por televisión, hablaban constantemente de ellas en la radio, eran mencionadas en los discursos. Había una muy famosa, *Matilda*, que sustituyó al Pato Donald en el horario de los muñequitos: *Matilda* va «*Matilda* viene, y suspirando se detiene. Muuuuuuuu», repetía la tonada televisiva. Y los niños crecimos añorando el regreso del pato amigo. ¡El pobre Donald fue acusado también de portar no sé qué venenos y cayó en desgracia! ¡Muuuuuuu!

El fotógrafo de nuestra fiesta trabajaba, según se supo con admiración, en Niña Bonita, la más famosa de las vaquerías del país. Era un honor ser retratado por él. Y era, además, un privilegio: las pocas fotos que guarda nuestra generación son casi todas de carnés, exigencias para trámites y esas cosas. Yo al menos no recuerdo que se vendieran cámaras a particulares, a lo mejor sí, pero no era algo por lo que la gente estuviera preocupada. Había algunos estudios estatales, claro, pero siempre con largas colas que agotaban la paciencia del más optimista y en ellas sólo se veía a aquellos que con fastidio debían cumplir algún requisito legal. Recuerdo otro sitio: el Parque Central, donde armados con unos aparatos antiquísimos, unos señores tan viejos como sus cámaras metían la cabeza dentro de un saco negro, accionaban una perilla en el aire y ¡flash!, salían unas figuritas oxidadas más parecidas a un daguerrotipo que a una foto normal y corriente. Con el tiempo las figuras se borraban y era como si nada. La llegada de los turistas terminó por convertir a los fotógrafos del Parque Central y del Capitolio en otra decadente atracción, y al humilde oficio, en un puesto estratégico. Pero bueno, en mi época nadie se podía imaginar todo esto. Por eso el anuncio de que nos retratarían en la fiesta de graduación fue un acontecimiento.

A la directora se le ocurrió una idea extraña. Guiada tal vez por el morbo de poner a los varones en evidencia y a las hembras en aprietos, invitó a los primeros a escoger compañera. Habría una foto colectiva y las demás serían en parejas. Era necesario ahorrar. Las niñas nos movíamos inquietas en espera de ser escogidas. Algunas se rebelaron ante el compañero que las señalaba, y protestaron al creerse merecedoras de un acompañante más adecuado.

—¡Con este dientúo no me retrato yo, que va!

—¡Pero, maestra, nada más quedan las pesadas del aula!

—¡Sepan, compañeritos, que el aspecto físico es lo menos importante! ¡Los méritos de cada cual es lo único para tomar en cuenta!

El problema es que había más muchachas que muchachos y era evidente que algunas tendrían que retratarse solas. Yo estaba convencida de que Serafín me escogería y disfrutaba en silencio la lección que daría a todos. Aquella advertencia sobre «los méritos» me dejaba fuera de antemano, pero estaba segura de que él iba a pasar por encima de las presiones políticas. ¡Total, ya nos íbamos para la secundaria! Ya habían mandado nuestros expedientes para la nueva escuela. No lo podían manchar con otra amonestación. El costo de escogerme sería mínimo.

Le tocó el turno a Raúl. Lo sentí mirarme y recé para que no se atreviera. Tendría que rechazarlo en público y eso complicaría las cosas. Salió caminando directamente hacia mí y yo bajé la cabeza y cerré los ojos. Lo sentí titubear, dar unos pasos torpemente hacia los lados y escoger a otra que estaba parada detrás: una gordita de espejuelos fondo de botella que era famosa por su implacable costumbre de vigilar a los demás. La directora aplaudió y los alumnos la secundaron con un vocerío no tan disimuladamente burlesco.

Durante un breve minuto la solemnidad del acto se vino abajo. Di gracias a Dios.

—¡Compañera directora! —dijo de pronto la Flaca—, ¡no nos parece justo que nada más los varones tengan la oportunidad de seleccionar! ¡Usted misma nos ha dicho muchas veces que ahora las mujeres tienen los mismos derechos que los hombres! ¡Nosotras somos las mujeres del mañana! ¡Para que haya igualdad se nos debería permitir a nosotras escoger también!

¡Qué viveza! ¡Qué derroche de cinismo! ¡Ni que a ella le importara un pepino la igualdad ni nada por el estilo! ¡Lo que tenía era un miedo atroz a ser despreciada y se sacó el argumento de abajo de la falda! Ella sabía que era demasiado delgada para el gusto cubano, sobre todo para el gusto de un menor de edad. Demasiado delgada y demasiado alta. La infinidad de nombretes con que la habían rebautizado desde chiquita se lo indicaba: *vara de pescar, pestillo, grillo malojero* y un montón que ni me acuerdo. Tenía una cara bastante bonita, es verdad, pero eso no la salvaba del dictamen masculino: nadie querría aparecer en la foto junto a una que le sacaba un tremendo trozo por encima de la cabeza. Ella sabía eso y mucho más. Esa fue la verdadera razón por la que se decidió a invertir el orden de las cosas. Lo que me pareció asombroso fue la desfachatez con que se apropió del discurso oficial para lograr su objetivo. ¡Con qué eficiencia nos enseñaban a mentir y a valernos de las mentiras ajenas! ¡En eso resultó una alumna aventajada! Este no sería más que el principio.

A la directora no le quedó otro remedio que aceptar «la proposición de la compañerita». Y sin jugársela a un segundo arrepentimiento, la Flaca caminó velozmente hasta Serafín y lo tomó del brazo.

—Este es el mío —dijo, y me miró de soslayo con una sonrisa sarcástica.

Yo me quedé por un momento esperando que Serafín se soltara y viniera por mí, pero el muy cabrón ni me miró, aparentemente complacido con la desfachatez del grillo malojero, hizo honor a la distinción que públicamente se le rendía y hasta sonrió a la cámara. El mundo se me vino encima, hasta ese instante no sabía cuán importante se había vuelto para mí aquel amor ficticio; porque el amor más profundo, el más fiel y abarcador nace en la mente, es un producto de la inconciencia y no de la realidad. Nos pasamos la vida buscando a alguien que se parezca a nuestro ser prefabricado y cuando elegimos, no hacemos más que un acercamiento de similitudes, si no encaja en el molde, nos las arreglamos para alterar las aristas y ahí empieza la mentira y el camino hacia el desengaño. En eso Raúl tenía razón. La culpé a ella y exoneré a mi modelo. Pero ahora sé que la realidad no miente, confunde pero no miente. Ahí está mi foto de graduación para probarlo: sola, contra un árbol de hojas cansadas, con un peinado ridículo de cerquillo recto, los hombros encorvados y los ojos mirando al vacío; en blanco y negro, con las manos crispadas y mordiéndome neuróticamente el labio inferior, resignada a seguir sola por el resto de mi vida. Tan golpeada como la vez anterior.

—¡No te lo voy a perdonar nunca! —le soplé al oído en un descuido a la salida del colegio y él me miró tan sorprendido que la sorprendida fui yo.

Había dado por descontado nuestro pacto de silencio, nuestra íntima relación de complicidad, y su asombro ante mi amenaza resultó tan auténtico que me obligó a pensar por primera vez en la posibilidad de que todo aquello no existiera más que en mi acelerada y lacerada imaginación. Él no se había enterado del asunto ni de la tremenda responsabilidad protectora que yo había depositado sobre sus, en aquella época, estrechos hombros. A los hombres hay que enviarles una señal, mirarlos de algún modo sutil, rozarlos subrepticiamente con alguno de los sentidos porque, si el hombre no se entera, puede que no se lance. El hombre (el que no es descarado) tiene miedo al rechazo, un pánico ancestral al ridículo. Pero eso lo aprendí después; en aquel momento mi señal fue involuntaria y tanto para mí como para él, cada uno de los primeros pasos tuvo el encanto del descubrimiento, la inocencia de lo desconocido, el irrepetible cosquilleo de la sorpresa prevista para el próximo paso. Yo envié la señal sin proponérmelo y él acudió al llamado como corresponde a los de su especie. La otra emitió su señal ex profeso y tuvo la desventaja de sentarse a esperar los resultados de su ataque. Yo estaba realmente desencantada o confundida; no esperaba nada y por eso, en aquella primera etapa, jugué con ventaja. En realidad no jugaba; tenía la ventaja y no lo sabía. Eso fue bueno para mí porque actué con naturalidad, que es el estado pleno de la libertad. Ella, en cambio, medía sus pasos, sin saber que la vida, a veces, es una cadena de imprevistos, un juego de azares. No estoy describiendo el vulgar enfrentamiento de dos hembras por su macho (hembras y varones, como se dice en las escuelas cubanas), en verdad éramos hembras en ciernes, cachorros de jineteras. Estoy contando un enfrentamiento de índole moral, no sé si me hago entender. ¡Pero, en fin! ¡Yo jugué limpio! ¡Es lo que quiero dejar claro!

Esa tarde cuando tocó a mi puerta, no lo esperaba.

—¿Qué es lo que no me vas a perdonar?

No supe responder, y de esa omisión nació el romance. Casi todas las tardes de ese verano Serafín se aparecía por mi casa y terminó haciendo buenas migas con mi padre. Se pasaban horas conversando de literatura y de un tema que parecía apasionarles: la pintura. A mí me sorprendía aquel chiquillo inquieto, capaz de sostener semejantes conversaciones como si fuera un adulto, con impostado gesto de sabiduría y esa arrogancia típica de los que ignoran lo mucho que ignoran. Diciendo frases rotundas que obligaban a mi pobre padre a matizar las afirmaciones categóricas de su precoz interlocutor. Me llamaba la atención la soltura con que trataba a mi papá, haciendo gala de una confianza que yo jamás me había permitido. «Los hombres tienen su propio idioma», concluí. Y terminé por disfrutar aquellas desiguales tertulias que se improvisaban. Cada uno hacía su papel y yo notaba que Serafín también actuaba para mí; tratando de impresionarme con su aparente cultura y su facilidad de palabra. Me di cuenta de que deseaba ser admirado y lo complací con la evidencia de mi silencio y con alguna que otra pregunta tonta que él aprovechaba para desbordarse y cautivarme. Cuando se acabaron las vacaciones, volvimos al infiernillo de las clases. ¡Suerte que fue una nueva escuela y pude deshacerme un poco del pasado!

La etapa de secundaria y la de preuniversitario la califico como los malos-buenos tiempos. Fue en esos irrepetibles siete años cuando la relación con Serafín maduró. Pero también pasaron cosas terribles: como la desaparición de Juanca. El primo siempre había sido «un barco», no le gustaba la escuela y prefería divertirse. Se lo llevaron para el Servicio. ¿Quién se atrevía a decir que no? Las historias de las prisiones militares eran más espantosas que las del presidio político. Durante unos dos meses nadie supo dónde estaba. Cuentan mis tíos que la última vez lo vieron muy nervioso.

—Me mandan a África, pero no sé a qué país... dicen que es una misión muy importante.

Nunca supimos si de verdad no sabía o si le recomendaron discreción. Lo mataron allá. Pero no fue el enemigo, sino los generales de su propia tropa. Asignado al frente, lo fusilaron por indisciplina, por quedarse dormido en una guardia. Hace poco supe los detalles de boca de uno de sus compañeros de pelotón: un militar que acaba de pedir asilo en Madrid.

El teniente que estaba de ronda le quitó el fusil y mi primo, cuando despertó, se volvió loco buscando por todas partes. Lo abochornaron frente a la tropa y lo acusaron de poner en peligro la vida de sus compañeros.

—Lo fusilaron por gusto —me confesó el soldado—, eran los inicios de la contienda y necesitaban dar un escarmiento, hacerle ver a aquella tropa de adolescentes sin experiencia militar que estaban en una guerra real y que la vida no valía nada —por eso lo acribillaron a balazos delante de sus compañeros, en el mismo patio del campamento—, para dar el ejemplo, nada más que para eso, el enemigo en ese entonces estaba a mil leguas.

A mi tía la engañaron como a él. La noche antes del fusilamiento le dictaron una carta en la que explicaba a su familia cuán orgulloso estaba de «dar la vida.» ¡Así mismo le obligaron a escribir! «Si caigo en combate, no llores, mamá, y recuerda que fue en nombre de la Revolución». Seis meses después de llegar la falsa carta cayó como un rayo la noticia y una medalla más falsa aún que lo acreditaba como héroe internacionalista. Nunca devolvieron el cuerpo. Mis infelices tíos todavía no saben las verdaderas circunstancias en que murió su único hijo. Se enterarán por estas líneas. ¡Si es que algún día las leen! Siguen en Camagüey, dicen que hechos unos viejitos.

¡Es increíble cómo terminaron todos! Lo de Raúl fue sin duda lo más sorprendente. Serafín al menos creía en el destino manifiesto. ¡Pero ni Raúl ni mi primo estaban hechos de esa peligrosa sustancia!

Siempre que pienso en mi primo, recuerdo aquella carta que escribí enfurecida a Serafín. Me alegro de no haberla enviado. ¡Qué habrían dicho los de la censura! ¡Qué habría pensado él! También celebro haberla conservado. La incluí ahora porque de algún modo justifica lo que hice después. Eso creo... no estoy segura, pero bueno, debo ser honesta y enseñar igual mi lado oscuro. ¡Qué más da! He terminado siendo la sobreviviente. Los hechos ocurrieron de un modo inesperado, como en las novelas policíacas que a Serafín no le gustaba leer y a mí sí.

Cuando cayó preso ya habían pasado muchas cosas. No podía olvidar que apostó por mí a pesar de ser una marginada y por eso pensé que había llegado el momento de demostrar que también estaba dispuesta a enfrentarme a todos por él. Era la hora de las definiciones y nadie me tenía que decir que la Flaca iba a salir corriendo. Yo y nadie más a su lado. Los amigos escondidos como ratas. Estaba convencida de que sería así, por eso me sorprendió tanto la noticia de que Raúl —Raulito entre todos— se había portado valientemente. Al principio no lo quise creer y cuando me convencí, no dudé en ir a felicitarlo.

Raúl siempre me cayó mal. Demasiado silencioso, muy disciplinado para ser buena gente. Esos eran mis prejuicios. Lo veía como una sombra y llegó a ser para mí la encarnación del Estado vigilante. Siempre mirándome, permanentemente espiando mis pasos, mis palabras. Jamás percibí una señal que me indicara otra cosa. Tuvo que pasar una hecatombe para darme cuenta de la verdad. Me acerqué a Raúl por Serafín, primero en su nombre y luego contra su nombre. Como siempre lo había mantenido a distancia, no percibía la verdadera razón de esa permanente vigilancia a que me sometía. Después de lo de Serafín me acerqué a él de otra manera, no puedo decir que confiada, pero sí con curiosidad, tratando de entender la relación entre el pocacosa que creía conocer y el valiente que descubría. ¿Cómo conciliar esas dos imágenes? En ese intento empecé a descubrir otra razón. Escarbando en el joven misterioso encontré al enamorado, y recordando pude empatar y creer que armaba el rompecabezas, sin saber que la vida me tenía escondida la pieza fundamental.

Yo amaba a Serafín y ese sentimiento llenaba todas mis aspiraciones, pero Raúl me mostró lo que se siente cuando se es amada de verdad. Noté, primero con horror y luego con regocijo, que el mejor amigo de mi novio encarcelado se moría por mí. Aquel joven desafiaba al más poderoso de los poderes, a esos que eran patronos absolutos, policías, jueces y carceleros a un mismo tiempo, tan sólo por seguir siendo fiel a su amigo y, sin embargo, bastaba yo para hacerlo flaquear. ¿Podía decir lo mismo de Serafín?

En un principio traté de colocar barreras, de darle a la relación un carácter estrictamente circunstancial. No paraba de hablar de mi novio y la coartada terminó siendo útil a los dos, un pretexto compartido. Me comenzó a gustar ser adorada así, con esa infinitud y esa disposición a tratarme como a una deidad. Tantos años viviendo al margen crean la necesidad de ser puesta en el lugar que una cree merecer. Raúl me colocó más allá, en una nube, en el Olimpo en que se sienten cuantos pueden hacer con el otro lo que les dé la gana. Ese muchacho estaba rendido a mis pies, no había más que mirar sus ojos. Aquella tarde en el cine mi cuerpo descubrió algo más.

Lo cierto es que yo también fui injusta. Mi respuesta a la carta de Serafín fue exagerada. La circunstancia en que se hallaba no merecía una reacción tan agresiva de mi parte. Mientras la mayoría de los presos son a la larga abandonados por sus mujeres, yo estaba dispuesta a esperar tres, diez o veinte años si era preciso. No estaba preparada para que sucediera al revés. ¡Era algo que no me había pasado por la cabeza! Pude haber sopesado mejor, haber esperado; en realidad quería traicionarlo y su carta me regalaba el pretexto. Lo de la Flaca no me convencía ni a mí misma. Había pasado demasiado tiempo para sacar ese trapo sucio.

Desde el primer momento iba dispuesta a hacerlo. Entramos al cine vacío y todo comenzó a girar como en un caleidoscopio. Serafín nunca me había hecho sentir de esa manera tan especial. Serafín era otra cosa, no sé cómo explicarlo, me tomaba por la cintura y me colonizaba, me hacía temblar como una hoja de papel. ¡Raúl, en cambio, temblaba de la cabeza a los pies! Cuando me vio sin ropas, al abrazarme y besarme se le salía el corazón por la garganta.

Nunca creí que pudiera importar tanto a alguien. Yo, a pesar de cuanto me había sucedido, era vanidosa, pero una cosa es el narcisismo y otra la verdadera idolatría. Cuando una es objeto de adoración debe dejarse venerar. La mayoría de las mujeres despreciamos a los perros fieles, nos encaprichamos con el hombre escurridizo, luchamos por él, sufrimos por él, vivimos para él. Pero al menos una vez en la vida deberíamos dejarnos amar por aquellos que incondicionalmente se nos entregan. Yo sentí esa dicha aquella tarde en el Roxy: entre las ruinas del que fue mi cine preferido, proyectada en la pantalla como el personaje perdido de una película olvidada, me hicieron el amor a fuego lento. No estaba en las manos de un hombre experimentado, no era eso, no. Era la inocencia del tacto. Se notaba que esos labios llevaban años soñando con mi piel. La sensualidad, hija del nerviosismo, adquiría otros matices, hacía explotar colores desconocidos. No estaba siendo poseída. Serafín me dominaba desde el principio, me tomaba del talle y me hacía el amor con todos los bríos y descuidos del macho cerrero, era así, al menos de ese modo lo recuerdo. En este otro caso era el amor quien mandaba y era Raúl un poseído que me transmitía su estado divino, su dicha insuperable, su goce sobrenatural. Serafín quería ser mago, Raúl era la magia, la más inocente y por lo mismo la más morbosa de las magias. No había trucos ni caricias aprendidas. Él no lo sabía pero su piel iluminaba y yo me sentía la luna quemándose en el sol. Me quemé a gusto.

Cuando Serafín salió de la cárcel no experimenté ningún remordimiento. Eso vino después. Ahora sé que estuve mal, pero ¿quién iba a imaginar lo que pasaría? Fui demasiado fría, seca en exceso; me arrepiento. Nos encontramos varias veces y por distintas razones. En cada una de las ocasiones él trató de reconstruir la relación, de besarme y de volver a despertar en mí aquel sentimiento que no se resignaba a creer apagado. Hasta que se cansó y no insistió más.

Al principio se encerró en su casa, luego andaba como un loco por la calle tratando de orientarse, de reorganizar su vida, pero todas las gestiones desembocaban en el mismo callejón sin salida. Estaba marcado, y en una tiranía todo el mundo sabe que es mejor estar muerto que marcado.

Después fue cuando me enteré de que había escrito una serie de relatos sobre la cárcel y de que vivía obsesionado con salvarlos, ampliarlos y hacerlos publicar en el extranjero. ¿Dónde más?

—Si los logro sacar me sentaré a esperar que me lleven de nuevo, pero esta vez será por algo útil —me contó Raúl que le dijo.

Esa sobrehumana gestión lo redime ante mí. Había estado tres años en prisión haciendo lo mismo por lo que había ido a dar a prisión. Tres años reincidiendo. ¡Imagino lo que le costó escribir en semejantes condiciones, burlar los controles, sacar a la calle su extraño testimonio! ¡Pero me molesta que terminara confiando más en Raúl que en mí! Cada una de las veces que nos encontramos antes de su loca aventura, noté que algo tramaba o que algún secreto me quería revelar, pero siempre terminábamos hablando de nosotros, de la posibilidad de una reconciliación. ¡Yo fui tan dura! Quería que él me viera así. O estaba realmente desilusionada. O me complacía verlo dócil. ¡Cómo podía adivinar lo que se traía entre manos!

Terminó lanzándose al mar. Junto a un amigo tan desesperado como él, fabricó una balsa, la infló de ilusión y trató de escapar. Dos hombres solos contra la vastedad del océano. A finales de los setenta no eran muchos los que se aventuraban. Rafelito, el *Fiñe,* sobrevivió para contarlo.

—Mira, Carla, yo no estaba muy convencido de ese plan —me dijo con su voz de niño—, quise consultar, meter a más gente en el potaje, pero él me dijo que ni muerto, que el éxito dependía de la discreción, de andar con pie de plomo. Cuando me vi en el agua, flotando sobre aquel trozo de goma, con dos remos ridículos en medio de aquella inmensidad, me sentí el hombre más imbécil de la Tierra. ¿Cómo me dejé llevar por esa idea loca de Serafín? Él se veía tan seguro, tan determinado, que yo me dije: «¡al carajo! ¡Que salga el sol por donde salga!», y me apunte en la jugada.

El Fiñe rememoraba los acontecimientos con una intensidad que daba miedo y repetía los parlamentos como si los supiera de memoria, como si las cosas estuvieran sucediendo en el mismo instante en que él las evocaba. Como estoy haciendo yo ahora mismo.

—Rafa, los tiburones de tierra son peores —me dijo que le decía Serafín. Y luego me repetía su respuesta de entonces.

—Sí, pero a aquéllos por lo menos los ves venir.

—No siempre, Rafa, no siempre —afirmó que le contestó mi ex novio.

—Y ¿cómo los sorprendieron? —le pregunté yo—. Sucedió amaneciendo, Carla, cuando menos lo esperábamos —y me contó cómo Serafín le había estado diciendo previamente que no se preocupara, que si pasaba la noche pasaba lo peor; me contó que trataba de animarlo y que cuando él le preguntaba:

—¿Tú crees, Serafín?

El otro le decía:

—¡Claro que sí, Fiñe, claro que sí, no te preocupes más y sigue remando! Aunque la noche da miedo sirve para ocultarnos. ¡La noche es amiga de los fugitivos! —me dijo que le aseguraba Serafín.

Hasta que alguno de los dos se preguntó en voz alta:

—¿Qué es aquel punto?

Y alguno de los dos se encogió de hombros y se dijo:

—No sé, espero que un barco libre.

Pero no lo era. Y el Fiñe me confesó que cuando justo al amanecer la torpedera se acercó y no hubo modo de ocultarse, Serafín, viéndose perdido, dejó de remar y exclamó con desgano: «Nos van a alcanzar de todos modos».

—Y ¿qué pasó entonces? —lo interrogué ansiosa.

—¡Todavía no lo puedo creer! —me respondió sin responder.

—¿Qué cosa, Rafa? —le solté inquieta, cansada ya del modo en que estiraba el desenlace. Hasta que empezó a gritarme.

—¡Lo que sucedió, Carla, lo que sucedió! ¡Todavía hoy no lo puedo creer! ¡Ha pasado un montón de tiempo y sigo sin creérmelo!

—¿Qué cosa, muchacho? ¡Acaba de hablar! —le grité de vuelta.

El Fiñe me miró a los ojos y se quedó callado. Inclinó la cabeza y comenzó a llorar. Nunca había visto a nadie llorar de ese modo tan contenido: en silencio absoluto, sin que se le moviera un músculo de la cara ni escapara un quejido de su garganta o su nariz. Únicamente lágrimas. Unas lágrimas tristísimas.

—¡Estaba claro que esos hijos de puta nos querían hundir! —dijo sin levantar la cabeza—. ¡Empezaron a hacer olas a propósito!

Y me siguió contando cómo aquella nave de guerra, con sus varias toneladas de hierro, embestía la diminuta balsa con una furia irracional; me contó también cómo Serafín aguantaba con ambas manos el bolso impermeable en el que había guardado todos sus escritos y me refirió, aún asombrado, que la preocupación de su compañero en ese dramático instante era que los papeles no se mojaran. Señaló que Serafín tenía apenas dos opciones: o lanzaba el bolso al agua para que se hundiera o para que a la deriva tuviera la hipotética oportunidad de llegar (como el clásico mensaje de la botella) a una orilla libre; o sencillamente se dejaba aprisionar con la literatura prohibida encima. Me narró con lujo de detalles el momento en que la nave se acercó a la balsa, el miedo que sintió cuando vio a los guardafronteras apuntando desde la popa con sus fusiles AKM-47, esos cuyas balas dicen que son capaces de penetrar el casco de un tanque, y me relató incluso lo que hicieron después. Fue más que un relato, resultó una representación en la que mi interlocutor empezó a hablar con él mismo, o con un Serafín imaginario, e intercambió parlamentos como si se hubiera trasladado al lugar y el momento de los hechos. De vez en cuando yo interrumpía y él contestaba miméticamente mientras seguía en otra parte.

—¿Qué hicieron? —recuerdo que le demandé con urgencia.

—Bueno, qué hice yo, más bien —se daba manotazos en el pecho.

Y era como si mi diálogo con él transcurriera en el pasado y no en el presente, o viceversa: como si los hechos de entonces se desarrollaran en el ahora y yo pudiera entrar y salir de la remota escena en busca de detalles.

—¿Qué hiciste? —seguí demandando.

—¡Pues lo único sensato! ¡Obedecer! Nos apuntaron, tiraron una cuerda y con un garfio sumamente largo me engancharon de la ropa y me alzaron como si fuera un pescado. No fueron muy precisos y la punta del bichero se me clavó en la piel de la espalda. En ese momento no sentí mucho dolor, estaba agotado; pero el reguero de sangre en la cubierta me asustó. ¡Por suerte el metal nada más penetró el pellejo sin tocar el músculo! Me levantaron nuevamente en peso y me amarraron de pie a un tubo por la banda izquierda, a babor. Desde allí pude ver lo que pasó con Serafín.

—¿Qué pasó? —entré de nuevo en la lejana escena.

—El capitán parecía muy nervioso y daba gritos constantemente. Estaba asustado con el bolso que Serafín apretaba entre sus brazos. «¿Qué es lo que tiene en la mano?» —imitó la voz del capitán de la nave—. En ese instante tuve miedo de soltar la verdad. Le habría salvado la vida. Fue una muerte estúpida. «Son papeles», debí decir y no dije.

—No es un arma, son inofensivos papelitos —era lo que me correspondía aclarar y no hice. «Son sólo poemas», debí gritar para que se tranquilizaran, pero sabía que Serafín no quería que su obra volviera a caer en manos de esa gente. Él no se daba cuenta del peligro en que se encontraba, no pensaba en sí mismo sino en sus malditos escritos, estaba petrificado, sin saber hacia dónde moverse, con aquel sospechoso bolso al que apuntaban todas las miradas y todas las bocas de cañón. Tomó la decisión equivocada: se paró sobre la tabla que hacía las veces de piso en la balsa, blandió el bolso sobre su cabeza y antes de que lograra lanzarlo a la corriente ya lo habían hecho un colador. Estuvieron disparando durante un minuto largo; no sé, a mí me pareció una eternidad.

El Fiñe se tomó un respiro y siguió monologando.

—Lo vi todo y lo seguiré viendo el resto de mi vida. Para mí, jamás ha vuelto a ser azul el mar Caribe, yo sé que es rojo, rojo sangre, rojo odio, rojo estupidez. Me pareció ridículo que ninguno de los marineritos se atreviera a disparar contra el paquete que flotaba en el agua. Tenían miedo. Ellos también estaban asustados. No me preguntes por qué ni de qué, pero tenían miedo. Un viento chismoso sopló sin que nadie lo llamara, dio al bolso una vuelta de campana y zafó el nudo que con tanto esmero había amarrado Serafín. Las hojas empezaron a volar en forma de remolino, el pequeño ciclón caminó directamente hacia la nave y los papeles tropezaron por todas partes en el barco, al capitán se le pegó uno en la cara, como una bofetada.

Esta vez no me atreví a interrumpir con otra pregunta, pero mi estupor pedía explicaciones. El Fiñe se dio cuenta.

—No rescataron el cuerpo —me dijo—. Bueno, la verdad es que lo intentaron dos veces, pero como las olas obligaban a incómodas maniobras, desistieron. «¡Vámonos!», ordenó el capitán. «¡Los tiburones también tienen derecho a un buen día!» Y pusieron proa a la isla.

Recitó su historia de memoria. Luego se quedó mudo unos minutos y al final rompió a llorar estruendosamente; como el niño que una vez fue.

—Lo mataron por gusto —me aseguró anegado en lágrimas.

Disculpe, señora Emilia, es que tuve que esperar dos años para saber la verdad, los mismos que el Fiñe estuvo preso por salida ilegal. Pero bueno, ¿qué estoy diciendo? Usted ha tenido que esperar más que yo. «Lo mataron por gusto.» Lo mismo que tres lustros más tarde escuché en Madrid de mi primo Juan Carlos. Matar sin motivo parece ser la consigna, pero no es verdad, siempre hay una razón. Pero la razón no da derecho. Eso creo. Ellos dicen que lo hacen por necesidad, lo explican de lo más bonito y hay hasta quien les cree. Y yo digo que los peores asesinos son los que matan por necesidad.

Cuando hablo así me parezco a él. A menudo siento como si estuviera usando sus propias palabras, su mismo tono reflexivo y pedantón. ¡Es asombroso cómo uno va adquiriendo cosas de su pareja, cómo se nos van pegando las maneras, las fobias y las filias! A lo mejor toda relación es una pelea por defender y por entregar la personalidad. Hay momentos en que mientras escribo tengo la impresión de que él habla por mi boca, de que digo aquello que él quería decir. Es una sensación mística. ¡Pero me insubordino!

Llevo años revisando mi vida con Serafín. He conocido a otros hombres, ¡más de lo que habría querido! El exceso de experiencia puede ser fatal. Lo que me asombra es que a pesar del tiempo sigo sin perdonarlo del todo. Seré rencorosa o me golpearon demasiado duro por más tiempo de la cuenta o qué sé yo: él está muerto y yo debería olvidar, pero lo cierto es que por las noches tengo pesadillas y cada una de sus traiciones me duele como si acabara de suceder. Hay días en que hago ejercicios para restarle importancia a lo de la Flaca, pero según voy haciendo el esfuerzo, a la vez que me voy diciendo que tan poca cosa no merece tan largo rencor, se me va subiendo la sangre a la cabeza y termino tan encabronada como aquella tarde.

—¡Es que no lo puedo creer!
—Yo te voy a explicar.
—¡Tú no tienes que explicarme nada!

Yo no era amiga de fiestas, pero ese día me vestí y cuando llegué me encontré con Serafín en medio del salón, delante de todos, sin pudor alguno, apretando con ésa. Así le decíamos en aquel entonces: apretando, mateándose, a punto de singar. ¡Y yo como una estúpida! Era evidente que eso venía ocurriendo desde hacía mucho tiempo. ¡Todos al parecer lo sabían y yo era la tarrúa oficial! No voy a describir lo que se siente en esos casos, porque el que más o el que menos lo sabe. ¡Pero era ella! Aquella rata vil que tanto daño me había hecho. ¡Lo siento, Serafín, pero no podré perdonártelo nunca! Mucho menos con lo que me hizo después, cuando tú ya no eras siquiera el hombre en disputa. Tú seguirás siendo mi recuerdo más importante, pero lo de esa serpiente me dolió demasiado. Estuve una vez dispuesta a la tolerancia. Cuando te guardaron me dispuse a luchar por nuestro amor, hasta inventé una coartada: la di a ella por culpable, por delatora y te justifiqué como víctima de una trampa. Pero eso se vino abajo cuando desde la orfandad de una celda tuviste la osadía de romper conmigo, de tirarme a basura. No pude más.

A pesar de todo te pido perdón. Yo no soy capaz de ofrecerlo pero al menos lo pido para mí. Algo es algo. Te amé mucho, te necesité un montón, pero en mi alma agujereada no cabía otra humillación. Lo siento. Encontré en el estúpido de Raúl lo que tú no me ofrecías. Pero Raúl también me engañó. Parece que he nacido para ser burlada. Es mi sino. Eso creía entonces. Ahora sé que soy capaz de iguales o peores falsedades.

En cuanto a Raúl, nunca imaginé que terminara de ese modo brutal. 1980 es el año más cruel. Fue en abril cuando lanzaron sus turbas contra todo el que había demostrado intención de abandonar el paraíso. Yo regresaba de La Copa, había comprado unas pizzas, cuando encontré mi casa rodeada. Habían cortado la luz y el agua. A pedradas rompían las ventanas. Me escondí detrás de una columna. Alguien me descubrió y la turba se me vino encima. No quiero recordarlo, fue demasiado horroroso. Allí estaban nuestros vecinos de dos décadas o más, los compañeros de trabajo de mis padres, mis antiguas condiscípulas y hasta ciertos parientes. Se veía a las claras que habían sido convocados por alguna autoridad. La presencia física de la multitud asustaba, pero era peor la gritería, los improperios, las malas palabras. De pronto sentí que me halaban por el pelo y me tiraban al piso. Me arrastraron calle arriba, me patearon, me escupieron. El nivel de violencia era infinitamente superior al de aquella mañana en la escuela primaria, pero la pesadilla se repetía, el desasosiego era idéntico, la impotencia igual.

Yo busqué en el tumulto un rostro amigo, una mano salvadora, pero fue inútil. En ese momento extrañé a mi Serafín, eché de menos su coraje, el tono de voz con que imponía respeto y con el que siendo todavía un niño supo detener a los agresores y silenciar a la diabólica directora del colegio. Extrañé su sentido de la justicia y su temeraria manera de desafiar a la autoridad y enfrentarse a la mayoría. Conmigo se había portado mal, pero era un hombre. Y sólo un hombre como él, con los pantalones bien puestos, podría salvarme de lo que veía como una muerte segura; pero mi hombre estaba tan muerto como lo estaría yo dentro de unos minutos si no pasaba un milagro.

Ya iba a dedicar mi último pensamiento a Serafín, mi suspiro de amor final a su memoria, cuando identifiqué a la mujer que me tiraba de los cabellos y me arrastraba por la calle. ¡Era ella, otra vez su odio, nuevamente su envidia, su oportunismo, sus celos! Me asombró que esa mujer tan delgada tuviera fuerzas para arrastrarme con una sola mano. Pero parece que la maldad da fuerzas y por eso ella sólo me soltó cuando de un tirón se quedó con un mechón de pelo entre sus esqueléticos dedos.

Raúl apareció en el momento en que me pateaban la cabeza y la mitad de mi dentadura quedaba incrustada en el pavimento. Dicen que se veía vacilante, sopesando las consecuencias hasta que su vista tropezó con la mía. Eran dos miradas distintas: la de un hombre cobarde y la de una mujer desesperada; la de él, pura angustia; la mía, toda súplica. Dicen que sudaba frío a pesar del calor, dicen que varias veces se acercó y se alejó tembloroso, debatiéndose entre el empuje del amor y el freno de la cobardía. Dicen, porque yo lo vine a ver de nuevo cuando irrumpió gritando como un loco: «¡Suéltenla, coño! ¡Suéltenla, maricones!».

¡Al fin se decidió! La turba, acostumbrada a la impunidad, se paralizó sorprendida por unos segundos, los que bastaron a Raúl para rescatarme. Con la velocidad de un rayo abrió la puerta de un carro policía que contemplaba la barbarie sin inmutarse y me tiró a todo lo largo del asiento trasero.

—¡Llévela al hospital más cercano! —ordenó con la energía que nunca había tenido. El chofer, entrenado para obedecer, respondió a la voz de mando sin cuestionar su procedencia y apretó el acelerador. Él estaría vivo de haber entrado a la patrulla, ¡pero sabe Dios por qué misteriosa razón, por qué traición de sus nervios, cerró la puerta y se quedó parado frente a la multitud, desafiándola involuntariamente! Todo sucedió en un minuto, de modo que cuando vinieron a darse cuenta ya el patrullero había doblado la esquina conmigo dentro.

Cuando las arpías salieron de su estupor y comprendieron que la presa les había sido hurtada en las narices, reaccionaron airadamente. Lo mataron a golpes. Dicen que lloraba pidiendo perdón. Dicen que lo metieron en un latón de basura y lo rodaron por el parque como si fuera un juguete. Se sabe que lo encueraron, le tiraron mierda, se pararon frente al guiñapo que ya era su cuerpo y orinaron en fila sobre él. Le dieron con un bate de béisbol hasta dejarlo sin conocimiento. Nunca más volvió en sí. Sus padres no me dejaron ir al velorio ni al entierro. Me culparon de su muerte y aceptaron sin chistar el hecho de que ninguna autoridad investigara, de que ningún tribunal o juez o fiscal ventilara el caso. Para la justicia, Raúl Pérez Rodríguez nunca había existido. Nadie protestó, nadie preguntó, nadie, fuera del círculo familiar, fue a despedirlo, ni a la funeraria ni al cementerio.

Han pasado 20 años y ya sé que nunca podré olvidar. Lo he intentado de mil maneras, pero no puedo. Es curioso, pero tengo la impresión de que las cosas han cambiado y siguen igual al mismo tiempo. El modo en que los papeles de Serafín cayeron en mi poder a veces me parece extraño y a menudo natural. Estoy llena de contradicciones, eso a lo mejor quiere decir que sigo viva, que no me he rendido, quién sabe… tras la muerte de Raúl me encerré en la casa hasta perder la cuenta del tiempo y la noción del espacio. Me sentía la mujer fatal: los tres hombres que me habían tocado terminaron de manera violenta, asesinado uno a los dieciséis, otro a los veinte y el último a los veintiún años. Me costó mucho salir de ese hueco. La década de los ochenta fue también mi década perdida. Fue por el 91 cuando empecé a sacar la cabeza.

El país era otro. El mundo tal vez era otro. En los setenta vivíamos encerrados, nos hacían creer que éramos el ombligo del universo, pero no teníamos la menor idea de lo que ocurría fuera. Aislados de verdad. Aislados en la isla, como diría Serafín. Doblemente náufragos. Nadie nos visitaba y a nadie se nos permitía visitar. Pero a principios de los noventa empezaron a llegar los turistas. No les quedó otro remedio que abrir un poquito la puerta. Los extranjeros traían oro, y las arcas del rey estaban agotadas. La gente tenía hambre. Hambre de muchas cosas. Oferta y demanda: algunas cubanas eran demasiado jóvenes, demasiado hermosas, desinhibidas y calienticas. La mayoría de los turistas, demasiado débiles. El mercado funcionó enseguida. Algunos, incluso, pedían para llevar. Dos de mis más tiernas vecinitas terminaron viviendo en Europa. Enviaron unas fotos preciosas que despertaron la envidia del barrio y la mía.

Decidí probar suerte. Ya no era aquella joven bonita de la secundaria o la época del *pre,* sino una desdentada de arrugas prematuras. El primer puente de dientes postizos no logró aplacar mis complejos porque se me caía al menor descuido. En esas desventajosas condiciones fue como decidí meterme a puta, o a *jinetera,* para usar el eufemismo de moda. Salí a cazar extranjeros con el sueño de casar a uno algún día. Cazar para casarme. Casarse para escapar, para no ser cazada a pedradas de nuevo. ¡Un extranjero! ¡Con uno era suficiente! Pero tuve que pasar por muchos para llegar al mío.

Ya no era una niña, claro, pero el culo y las tetas seguían firmes y algunas amigas del jineteo me enseñaron un montón de trucos. Es asombroso lo bajo que caí. Una cree que no, que va ser apenas un poquito, que se sale fácil; pero los escrúpulos se van evaporando y se llega a un punto en que te da igual... hay cierta frontera que... una vez cruzada, pierdes el camino de regreso. Te obliga a tocar fondo. Yo toqué fondo. Y no seguí más abajo porque tuve suerte. Pero primero pagué mi cuota. Algunos hemos pagado la libertad a sobreprecio. En fin...

Me convertí en la mamalona más famosa del Vedado. La razón era grotesca: yo chupaba sin los dientes y para algunos eso era «una diferencia», sobre todo cuando les frotaba con las encías directamente en el glande (o el chiquito). Hice de la mamada todo un arte. Otra cosa que funcionaba muy bien era meterles el dedo justo antes del orgasmo. Había que tener buena medida. Se volvían locos, sobre todo los turistas de lugares donde la *espuela* no era popular. ¡En definitiva, ellos iban en busca de nuevas experiencias! ¿No? ¡Y yo me convertí en la mejor guía turística de La Habana! Así de sencillo. Ahora, eso sí, «área dólar», nada de moneda nacional.

. De la niña fina y correcta que alguna vez fui, me transformé en una mujer ruda y vulgar, capaz de decir y de hacer cualquier cosa. ¡Sobre todo en la cama! Los turistas que caían en mis manos se quedaban maravillados con «los logros de la Revolución» y por lo general querían repetir. Pero ninguno se sintió capaz de cargar conmigo para siempre.

Mis padres no aceptaron el nuevo estilo de vida, así que me fui a vivir con una amiga tortillera que terminó por cobrarme el alquiler a su manera. Era muy buena y la verdad es que me enseñó muchas cosas útiles, pero se puso demasiado celosa.

A mi extranjero lo encontré donde menos lo buscaba. En el palacio de Bellas Artes. A veces me refugiaba allí para recordar que una vez tuve mundo espiritual y sensibilidad y toda esa porquería. El hombre quedó maravillado con mi perorata sobre la pintura de los años veinte, sin saber que no hacía más que repetir un montón de clichés que ya no recordaba si había escuchado de boca de mi padre o de Serafín.

Era un murciano gordo, sesentón y bobo. A la tercera mamada me propuso matrimonio. Me puse tan nerviosa que lloré, y él, al ver la espontaneidad de mis lágrimas, no dudó en tomarlas (en beberlas) como prueba de amor.

Mis últimos días allá fueron muy raros. A pesar del infierno vivido sentía tristeza. Es un sentimiento demasiado contradictorio para intentar explicarlo. Empecé a desandar mi vida. En ese recorrido amargamente nostálgico pasé por el hueco secreto donde el misterioso mensajero de Serafín me dejaba las cartas clandestinas enviadas desde la cárcel; metí la mano por palpar el pasado y mis dedos tocaron un paquete. Saqué la mano, asustada. Volví a buscar y encontré un nailon grueso amarrado con varias vueltas de hilo. Después de titubear un poco, decidí llevármelo.

¡No lo podía creer! ¡Aquellos papeles llevaban escondidos allí más de 15 años! Me molestaba que Serafín no me lo hubiera advertido... y ¿los textos que llevaba consigo cuando le dispararon los guardacostas? ¿Serían otros, o una copia de los mismos? ¿A quién dejó aquí en custodia de su más preciado tesoro? No había empezado a leer y ya me hacía todas esas preguntas. Leí con avidez. Lloré en silencio.

Algunos capítulos estaban escritos a máquina y otros no. Identifiqué inmediatamente la letra de Serafín, su caligrafía grandota y descuidada y reconocí aquellos versos que una vez me hizo y tanto le complacían, «Mira, gallega, lo que te escribí». Él me decía *gallega* y a mí no me gustaba, como tampoco me gustó entonces aquel poema raro al que ahora le empiezo a encontrar algún sentido:

Ella viene de España y yo del verso.
Ella: caracol en arrullo.
Yo una mancha de tinta
(atrás, más atrás de mis sueños,
la tierra se ha zafado su corbata,
la ha lanzado al silencio).
Ella viene de un siglo de cometas,
de largos sortilegios,
de un tiempo donde todo era caminos,
largos trechos de hierba, largos pasos de viento.
Ella, en su valija trae
sonidos de campanas
catedrales dormidas en sus mantos de fieltros,
relojes de seis metros
y una plaza de toros repleta de conejos.
Yo no he sido más que un hueco,
un agujero en ese techo tremendo que es el cielo
(la tierra, sin soplo de pudor,
se ha quitado el vestido de nubes
y sonríe, provocativa al sol,
que se quema de miedo).
Ella viene de España.
Yo del verso.

Aunque dije haber empezado a encontrarles algún sentido, la verdad es que no me siento halagada o retratada en esos versos que me resultan satánicos, agoreros y narcisistas. En fin, cuando quiso salvarlos por algo fue. Hoy los incluyo para limpiar mi conciencia. Lo que me interesa es el resto.

Al principio me chocó que Serafín escribiera de sí mismo en tercera persona, era algo extraño, como si le complaciera más ser un personaje de ficción que un hombre de carne y hueso. Tampoco entendí por qué unos capítulos estaban escritos a mano y otros mecanografiados. Y ¿por qué precisamente los pasajes sobre Raúl eran los que se hallaban escritos a máquina? Y otra cosa: si estaba tan convencido de que Raúl era su delator, ¿por qué lo siguió tratando con tanto cariño al salir de la cárcel?, ¿por qué no me advirtió?, ¿tanto era su rencor? Lo que más me sacó de quicio fue que supiera esa cantidad de detalles de mi relación con Raúl. ¡Detalles increíbles! ¿Hasta ese punto habrán intercambiado confesiones? Había muchas cosas que no me cuadraban. A pesar de eso, metí el mamotreto entre los documentos personales que me llevaría en el viaje. Ese rollo había que sacarlo del país antes de que comprometiera a alguien más. Mi primer impulso fue quemarlo, pero no me atreví, era como quemarlo a él y a ese punto no llegaba mi despecho.

A los dos o tres meses de estar en España mandé al murciano a la mierda y me puse en contacto con los parientes de mis padres. Un montón de tíos que me hicieron sentir como en aquella casa alegre de mi primera infancia. Me mudé a Madrid y aquí viví, no puedo decir que feliz, pero sí en paz: en la relativa paz que me permitió esta ciudad. Fue aquí, releyendo, donde descubrí la verdad. Me seguía inquietando que Serafín supiera tantos detalles sobre mi relación con Raúl. Hilvanando hechos comencé a sospechar que los capítulos mecanografiados habían sido escritos por el propio Raúl y que se trataba en verdad de una confesión. Pero quedaban muchos cabos sueltos. ¡No me imaginaba al tonto de Raúl escribiendo de semejante manera! Encontré la primera prueba en un poemita que (imitando a su rival) me había mecanografiado un 14 de febrero y que yo había sacado para tener algo suyo. A mano sólo estaba su firma. Recordé que Raúl había aprendido a escribir a máquina desde muy chiquito y que muchos de sus trabajos escolares los presentaba de esta manera. Era una excentricidad imposible de olvidar. Todos los niños de mi generación escribían a mano; a lápiz, ni siquiera con bolígrafo. El poema era una basura, lo interesante fue el descubrimiento de que la letra *o* estaba defectuosa y abría un hueco en el papel. Esa misma huella delatora la encontré a lo largo de todos los capítulos de Raúl. Para salir de dudas me gasté más dinero del que mi economía recomendaba en hacer dos pruebas dactilográficas. Los exámenes arrojaron que ambos documentos habían sido escritos con la misma máquina. Es decir, aquélla era, prácticamente sin dudas, la confesión de Raúl. Y digo *prácticamente* porque quedó un cabo suelto. Quedaban más preguntas. Me negaba a creer que el mismo joven que había sido capaz de dar su vida por la mía era el vil delator de mi novio. Y tampoco lo creía capaz de escribir de semejante manera. ¡Qué difícil es conocer el alma profunda de las personas! ¡Qué peligroso juzgar a los demás!

Volví a releer cada página con una ansiedad nueva. Lo maldije cien veces. Lo culpé mil. Caí de nuevo en un estado depresivo del que apenas me sacaron los medicamentos. Pero seguía sin entender algo. ¿Por qué ambos testimonios estaban en el mismo lugar? ¿Qué iba escrito en esos otros papeles que Serafín perdió en el mar junto a su vida? ¿Quién reveló a Raúl el escondite secreto? Atando cabos llegué a una conclusión. Es la única posible. Si hay otra, yo no la sé.

Serafín nunca supo quién lo delató. Parece que, como yo, sospechó una vez de su amigo, pero luego se arrepintió y terminó por confiar en él ciegamente. Por eso, antes de irse le mostró el lugar dónde dejaría una copia de su novela (o lo que fuera) y le pidió discreción.

Creo que Raúl no venció la tentación y en cuanto pudo sacó los papeles y los leyó. A lo mejor la muerte de Serafín aumentó el complejo de culpa y por eso se sentó a escribir su parte de la historia. ¿Cómo pudo? No lo sé. Eso seguirá siendo un misterio para mí. Y ¿por qué habrá vuelto a ponerlo todo junto en el mismo lugar? Me imagino que por miedo. En parte por miedo y en parte para confundir. Descubro otra intención manipuladora en su gestión. No encontré los legajos en dos paquetes distintos sino intercalados; es decir, en el mismo orden que hoy los presento. Pienso que así esperaba, en caso de ser descubierto, culpar nuevamente a Serafín. ¡Aún me deja atónita el modo en que intentó imitar el estilo del otro! ¡Cómo se esforzó para hacer literatura sin tener la vocación! ¡Pero también me sorprende la valentía con que se describió a sí mismo! Sin coraje para confesarse ante los afectados se confesó ante el papel. ¡Se lo sacó todo! ¡Sin dejar nada adentro! Buena terapia. Es lo que estoy haciendo yo ahora mismo.

Me enternece el modo en que me describió. ¡Si me hubiera visto luego se cae de espaldas! Me da escalofrío la circunstancia en que murió. ¡Pero me hierve la sangre cuando pienso que nos engañó hasta el final! A usted, señora Emilia; a su hijo, de cuyo destino es sin duda responsable, y a mí, que me hizo amarlo sin merecerlo. Esa es la historia.

En cuanto a mí, la mala suerte no ha querido soltarme. Estoy presa, no del destino sino de verdad, en la vida real. Nada de prostitución, eso se acabó en cuanto puse un pie fuera. No se preocupe, estoy en paz con mi conciencia. Lo único que me calienta la cabeza es la posibilidad de ser repatriada. Pero espero que eso no suceda. Le cuento.

Yo iba de lo más tranquila por la calle, cuando veo un cartel que dice: «Diez pintores cubanos del siglo xx» y aunque me había jurado huir de todo lo que oliera a Cuba, entré. ¡Mala pata la mía! Lo primero que vi colgado en una de las paredes fue el cuadro de mi madre. ¡No lo podía creer!

¡Estaba allí! Posando de campesina, el pelo negrísimo escapando del pañuelo que le cubría graciosamente la cabeza y los ojos grandes en forma de avellanas. Papá aseguraba que era la Gioconda de nuestra pintura, una maja colorida que superaba las de Goya. A Serafín recuerdo haberle oído decir una vez que las líneas se parecían a las de Modigliani, una pedantería, pero en fin, todos los recuerdos me cayeron encima de repente. Los ojos se me humedecieron. Traté de evitarlo, pero no pude. Era notable que algo me pasaba. Un señor alto y elegante se me acercó y en vez de ofrecerme ayuda, me dijo:

—Es una hermosa pintura, entiendo su emoción. Si quiere puede ser suya... tiene buen precio.

—¿Está a la venta? —pregunté secándome las lágrimas.

—Por supuesto, señora, todos los cuadros tienen un excelente precio —aseguró con impertinencia de vendedor ambulante.

—¿Usted está seguro de lo que dice, señor?

—¡Totalmente! Yo soy el dueño de la galería.

—Y ¿quién es el dueño del cuadro? —pregunté de mal humor.

—¿De cuál? —dijo, haciéndose el bobo.

—¡De éste! —señalé a mi madre disfrazada de guajira.

—Pues... un coleccionista privado —empezaba a ponerse a la defensiva.

—¿Se puede saber el nombre?

—¿Usted es cubana, verdad?

—Soy canaria —intenté engañarlo.

—Sí, claro...

—Me estaba diciendo que la tela pertenecía a...

—...A una colección privada.

—¿De quién?

—No recuerdo, señora. ¿Le interesa el cuadro o no?

—¡Por supuesto, caballero! Sobe todo, me interesa saber cómo una pintura de la colección nacional de un país ha venido a parar a manos privadas. ¡Esa obra es una... donación de mi familia al Palacio de Bellas Artes de La Habana y que yo sepa mi familia no ha dado permiso para que fuera vendida y mucho menos sacada del país! ¡Y si le interesa otro detalle, le diré que la modelo es mi madre!

El hombre elegante no perdió la compostura. Me miró como se mira a los locos y abrió los brazos en señal de impaciencia.

—¿Quiere algo más? —afirmé amenazante—. Por atrás está dedicado: «A Mano y Begoña. Mis ángeles de la guarda. Febrero de 1956». ¡Y otra cosa... ese marco barroco es un espanto, el original le pegaba más!

Hice de todo para recuperar el cuadro. Contraté abogados, me endeudé, intenté llamar la atención de la prensa, busqué pruebas, cartas, fotos, testigos. Nadie me hizo caso. Todas las gestiones fueron a estrellarse contra el mismo muro.

—Haga la denuncia en su embajada, señora.

—¡Pero qué embajada ni que ocho cuartos, idiotas! ¡O no se dan cuenta de que es el propio gobierno el que está en el contrabando!

Hice el trámite para complacer al abogado. Tomaron nota con toda seriedad. Nunca respondieron. Anuncié una huelga de hambre frente a la sede diplomática. La prensa me ignoró olímpicamente. Al tercer día salió un matón y me rompió el cartel en la cara. Suspendí la protesta porque sabía que el próximo paso era una paliza.

Perseguí la exposición por toda la península. Levanté carteles, grité consignas, repartí volantes. Fui testigo de cómo nuestro jodido patrimonio nacional era vendido al mejor postor. Cada vez que liquidaban una tela, el hombre elegante ponía a su lado, en la pared, una bolita roja. Nunca pude averiguar la identidad de los compradores. Secreto de Estado.

El día que encontré la marca al lado de nuestro lienzo, enloquecí. Traté de convencer al señor elegante de que no completara la transacción, de que me diera la oportunidad de comprar la obra, pero él sabía que no tenía tanto dinero. Me inventé la historia de que había convencido a un amigo rico, pero no me creyó una palabra. Lloré, pataleé, grité, pero se mantuvo inconmovible. Entonces tomé la determinación que me tiene encerrada.

Compré un enorme cuchillo de cocina y regresé dispuesta a todo. La primera puñalada se la di en la cara, la segunda le entró justo por el ojo derecho y las otras catorce (los peritos se tomaron el trabajo de contarlas) ni sé adónde fueron a parar. No intenté escapar. Los periódicos se ocuparon de mí cuando ya era demasiado tarde. La tela quedó destrozada, hecha un ripio. El hombre elegante perdió al fin la compostura y salió corriendo a llamar a la Policía. Ahora me siento una parricida y en cada pesadilla mi madre grita desde el cuadro. Fue un arrebato de locura que papá nunca me perdonará. Él amaba esa pintura. Yo también.

Y eso es todo, señora Emilia. Hasta aquí llego yo. Ahora falta su consentimiento, si se lo pido es para consumar la voluntad de su hijo, para que la palabra cumpla esa misión justiciera en la que tanto creía. Yo ya no creo en nada, mucho menos en la justicia de las engañosas palabras.

Algunos se vuelven patriotas en la distancia. ¡Son cosas que pasan! Me gustaría sentir lo mismo que los primeros exiliados, me encantaría poder estar llena de bellas nostalgias y evocar en las tardes los aires de mi tierra, pero en mi memoria casi nada merece la dignidad del recuerdo. Yo quiero olvidar, me conformo con eso.

Tengo el consuelo de sentirme de vuelta. Hace menos de cien años mis cuatro abuelos salieron de aquí huyendo de la guerra y de la miseria, tomaron de la mano a sus hijos y se fueron tras la fama de una hermosa isla. Era un sueño insular, pero era el sueño americano. Yo soy lo que queda de esa ilusión… no puedo más… estoy cansada.

La Habana, a los 13 días del mes de marzo del año 2000

Querida Carla:

Te agradezco tanto que hayas consultado conmigo. Estaba muy preocupada. Ahora te explico por qué. Pero antes debo decirte que ya no vale la pena seguir mintiendo. Tu sinceridad me ha puesto contra la pared. Por eso te otorgo, sin preámbulos, la autorización que me solicitas. Y también porque en el fondo sé que, desde esta indefensión, nada podría hacer para impedir tu voluntad... o la de mi hijo. ¡Ese hijo del alma que no me canso de llorar! ¡Ese hijo cuya sola mención me ahoga y me aprieta el nudo que, desde aquel día, no se me zafa de la garganta! Por eso, porque es verdad que en esos papeles está gran parte de lo que quiso, de lo que yo, sin querer, le inculqué y de lo que le impidieron ser, te doy luz verde. Te doy el permiso que me pides porque entiendo que no lo necesitas y que sólo has querido advertirme, tener un gesto de cortesía conmigo. Y repito que te lo agradezco. Tienes mi venia. Pero con una condición: que publiques también lo que te voy a contar. Íntegramente. ¿De acuerdo? Entonces empiezo.

Yo tengo la edad de la locura. Porque el delirio comenzó antes, mucho antes del triunfo. Para mí empezó cuando ingresé a la Universidad de La Habana. Al subir la gran escalinata por primera vez, sentí que tocaba el cielo. Yo era muy joven y mejor que lo hubiera seguido siendo. Pero una no puede renunciar a las experiencias; lo que vives se queda. Una trata de sacudirse ciertas cosas, pero es mentira que nada más evoquemos lo bueno, o que exista una selección natural de los recuerdos. ¡Mentira! Por allá abajo, agazapadas entre los pliegues de la memoria, están las angustiosas remembranzas, la retentiva acusadora taladrándote la conciencia y diciéndote a cada rato: «no te quejes, Emilia, no finjas, que tú también eres culpable, ahora te tocó a ti».

Lo que pasa es que el corazón se revela contra los castigos del destino. Para mí ha sido más de la cuenta. Yo, tal vez, merecía pagar con mi vida, pero no con la de mi hijo. Esa resultó una crueldad de Dios. ¿De Dios? ¿Me atreví a mencionar ese nombre prohibido en estos tiempos? Las pequeñas deidades terrenales que nos gobiernan son tan celosas que no permiten mentar a su rival del cielo, ni siquiera para amonestarlo. Además... ¿qué culpa tiene Dios? Si el pobre no sabe lo que hacemos. ¡Nosotros sí! De nada sirve justificar nuestros actos con la pretendida inocencia. ¿Inconciencia? No sé. ¡Siempre supimos lo que hacíamos! Además... ¿hasta dónde la inconciencia es irresponsable? Debemos asumir las culpas de nuestra irreflexión. La estulticia no nos absuelve.

Después, siempre después, resulta fácil alegar «yo no sabía». Pero los muertos sí, los ofendidos, los apartados de un manotazo feroz, los expulsados, las víctimas, sí saben. Y esperan el día de señalar con el dedo. El problema está en que a veces no queda claro quiénes son unos y otros, y en algunos casos, aquéllos y éstos son la misma persona; o un día fueron víctimas y otro victimarios. ¿Qué hacer entonces? ¿Qué hago con mi culpa y con mi dolor, querida Carla? ¿Los mezclo o los separo? ¿Cargo con todo, o me deshago de ambos fardos? ¿Cómo se resuelve este dilema? ¡Dime cómo! Te confieso que no lo tengo claro. Yo te voy a contar, mi niña... te voy a contar mi culpa. Eso haré. Mi dolor lo conoces, no hace falta agregar nada.

Fue hace ya medio siglo. Estaba merendando en la cafetería universitaria cuando entraron ellos. Estaban tan agitados que no me vieron. Hablaron alto y con brutalidad. Y yo, desde mi indiscreto rincón, escuché demasiado.

—¡Hay que matarlo, Rafael, no queda otra! —dijo uno de ellos con el inconfundible deje de ciertas zonas del oriente de la isla.

—¿Estás loco? —le respondieron.

La discusión subió de tono. Eran siete u ocho. También reconocí al Indio Guerra, al Chino Esquivel, y a los delegados de las asignaturas del curso. Todos unos mocosos, estudiantes de Derecho convencidos de que el título de revolucionario era más importante que el de abogado. Todos con una pistola bajo el saco cruzado.

Me cubría una columna lateral y la exaltación que tenían. Yo, en cambio, los veía claramente reflejados en el brillo del mostrador. «Si yo los veo, ellos me ven»; temí. Pero discutían como si fueran los últimos habitantes de este mundo.

—¿Por qué hay que ajusticiarlo? —preguntó uno de los delegados.

—Porque nos gana las elecciones —fue la fría respuesta del proponente. Y siguió argumentando—. Cuando ese tipo entre a la universidad, ni tú ni yo, Rafael, tendremos la más mínima posibilidad de ser presidentes... ¡me lo dijo Vidalito!

—Pero es que ni lo conocemos —se quejaba Rafael—. El hombre todavía está en el instituto.

—¡Por eso! ¡Es mejor que ni llegue! ¡Le hacemos igual que a Noroña: que lo metieron en un barril de cemento!

—¡Ay, no jodas, que tú no eres tan valiente —recuerdo que se le burló alguno de los del grupo.

Así siguieron, entre la conspiración y la broma, como si no se tratara de una vida humana, hasta que el delegado por Constitución sugirió llevarlo a votación. Sólo el Indio Guerra apoyó la descabellada idea del joven alto del marcado deje oriental. Yo, testigo involuntario, sentí alivio. Luego entraron otros estudiantes a la cafetería y ellos cambiaron de tema. Aproveché la confusión para salir.

La verdad es que no estaba indignada, querida Carla, sino asustada. Y también llena de asombro ante la ambición de aquellos jóvenes que, evidentemente, no se percataban de que en la Federación había un montón de candidatos muchísimo más populares que ellos. Planeaban liquidar a Leonel Gómez, un desconocido para mí... ¡y para ellos! Tuve que preguntar para enterarme de que se referían a un alumno de bachillerato, un adolescente de la segunda enseñanza, el presidente de la Asociación de Estudiantes del popular Instituto Número Uno, que era el de La Habana, considerado el más caliente de todos. Yo venía del Instituto de El Vedado, acusada de niña fina, así que no conocía a Leonel. De cualquier manera, lo que elucubraron en la cafetería no tenía sentido: por esa razón habrían tenido que ejecutar a media Alma Máter, pues en aquella época cualquiera obtenía más votos que ellos.

Leonel llegó con su propia escolta. Ese era el aire que se respiraba en La Colina. Existe una leyenda romántica. Es la versión edulcorada que les contaron luego a ustedes, mi querida Carla. Puede que alguna vez haya sido cierta, pero yo conozco el lado oscuro de esa leyenda. El día que le dispararon a Leonel nadie me tuvo que decir quiénes habían sido. El joven iba saliendo del estadio y desde el muro de la Escuela de Farmacia, le tiraron. No murió, pero las heridas fueron disuasivas: Leonel, que yo recuerde, nunca se postuló a la presidencia de la FEU o nunca se graduó. Mi deber era denunciar a los culpables, pero no lo hice. Y es que yo también sentía admiración por los llamados hombres de acción y por eso terminé acercándome a aquella pandilla. ¿Cómo y cuándo me acerqué a ellos? Fue cuando lo del transporte. Nos unió nuestra oposición al aumento del peaje... creo que era apenas de un centavo, pero nosotros no queríamos pagar nada. Los de mi grupo empezaron a quemar guaguas y hasta subieron alguna a La Colina. Otros se dejaron convencer por el sindicato de choferes y se convirtieron en nuestros enemigos.

Una tarde, sentados en la Plaza Cadenas, en los bancos frente a la Escuela de Derecho, el joven alto del deje oriental me tiró un anzuelo: «¿Es verdad que tú sabes imitar la letra de cualquiera?» Me hizo gracia la pregunta. Era verdad. Le dije que desde niña había tenido esa habilidad, que me divertía imitando la caligrafía de la maestra o falsificando notas con regaños o con felicitaciones, o incluso cartas de amor. Me pidió una demostración y se la hice. Le conté algunas anécdotas simpáticas y le confesé que siempre había querido ser literata, pero que no lograba escribir nada original porque aquella fuerza remedativa podía más que yo. El fingió admiración cuando le expliqué que no sólo calcaba las letras, sino también los estilos ajenos. «Lo malo es que mi redacción adolece de personalidad propia», me lamenté y él me consoló con su simpática fonación, algo nasal, a la que ya no le sentía tan marcado el acento.

Un tiempo después me citó con mucho misterio en El Carmelo, me entregó unos papeles y engoló la voz. «La Causa te necesita.» Aunque previamente había arrancado las hojas donde aparecía el nombre del dueño de la libreta, pude averiguarlo con relativa facilidad. Oscar Fernández Caral era un sargento de la Policía Universitaria, que a la vez pertenecía a uno de los grupos de acción. Daba la impresión de ser muy meticuloso y solía hacer anotaciones en una libreta de carátula verde como la que me entregó mi amigo. A veces, mientras esperaba alguna clase, yo conversaba con él, así que lo conocía más o menos bien. Me parecía un buen tipo, jovial y algo zalamero con las muchachas. «Emilita, se me ha perdido una libreta como ésta; si la ves, por favor...» Así descubrí el misterio. También recordaba una discusión reciente entre Fernández Caral y mi amigo. El primero impidió que el segundo entrara armado al recinto. Se gritaron y amenazaron mutuamente. Pertenecían a grupos rivales.

La encomienda consistía en fabricar, con la letra del sargento, una acusación contra Pepe de Jesús Ginjaume. Me sorprendió un poco porque yo creía que Pepe y mi nuevo amigo eran del mismo bando; mas pronto aprendí que aquellas alianzas solían ser frágiles y engañosas. ¿Por qué lo hice? Aún me lo pregunto. Una noche, cuando el desprevenido policía estaba parado frente a su casa, dicen que esperando a su pequeño hijo, lo tumbaron a balazos. Yo no sé los detalles, pero luego leí en los periódicos que Ginjaume había sido acusado y que hasta la prueba de la parafina le había dado positiva. Fernández Caral no murió en el lugar: su agonía duró unas cuantas horas y a pesar de su grave estado se supone que tuvo tiempo de señalar al atacante. Sin embargo, las declaraciones del moribundo fueron tan confusas que yo sospeché que —al igual que la prueba de la parafina— habían sido manipuladas. Lo que pasa es que no todas las coartadas son perfectas. Un buen samaritano, un joven que aun recuerdo leí se llamaba Reynaldo Aranda, socorrió al herido y luego identificó a mi amigo en una foto. ¿Cómo diluyeron ese testimonio? Muchos policías también militaban en los grupos de la calle y estaban divididos en bandas rivales. Nunca lo acusaron formalmente, pero se tuvo que ir en el primer tren a Oriente. En eso se casó y estuvo un buen tiempo fuera del país. Al joven testigo, Aranda, también lo mataron.

¿Qué hice yo con mi conciencia? Pues la verdad que bien poco. Por mi culpa había un niño huérfano y un inocente tras las rejas, y lo único que se me ocurría era buscar excusas. Porque la mala conciencia también encuentra sus coartadas y yo la hallé con rapidez en el caso de Ginjaume, a quien se acusaba de más de una ejecución alevosa. «¡Que pague las otras culpas que adeuda!»; me justificaba. En el caso del pobre sargento me fue más difícil... aunque no era un santo, tampoco merecía semejante final. Nadie me explicó nunca su culpa y sospecho que fue una simple víctima de la soberbia del otro. Lo curioso es que no me recuerdo llorando, ni fatalmente angustiada; apenas estuve preocupada y como hasta hoy, resignada a seguir viendo para siempre, proyectado en mi mente, el rostro sonriente de Fernández Caral: «Emilita, se me ha perdido una libreta como ésta, si la ves, por favor...».

Luego pasaron unos años, vino lo del golpe de Estado y los locos encontramos justificación para nuestro frenesí. Cuando el muchacho alto con el deje oriental asaltó aquel cuartel de su provincia, yo quedé deslumbrada. «La Causa te necesita, Emilia.» Y me entregué a ella en cuerpo y alma. En el fondo sabía que ayudaba a un asesino, pero muchos otros lo sabían y también estaban junto a él. La Causa lo era todo y cuando ésta triunfó, yo me sentí orgullosa de haber formado parte de la hazaña.

La alegría me duró poco, querida Carlita. Intenté cerrar los ojos otra vez, y no pude. Cuando fusilaron a los enemigos, fue fácil explicarlo; pero cuando empezaron a caer los amigos, me desmoralicé. Era demasiado: cada día un nuevo nombre, entrañable y querido, caía bajo el fuego del insaciable pelotón. ¡Yo lo sabía! Si alguien no estaba engañada era yo. Mi conciencia empezaba, por fin, a vencer. Me aparté. Renuncié a la epopeya. Me hice a un lado y me negué a participar. Pero en aquel huracán de pasiones, nadie me extrañó, nadie reclamó mi presencia. Las grandes jornadas de hoy eran devoradas a una velocidad meteórica por las de mañana mismo. No había tiempo para reflexionar. Pensé escapar —al principio no era tan difícil—, pero en la otra orilla tenía demasiados enemigos. Eso me metieron en la cabeza. Calculé mal. Otros dieron el salto y nada les pasó. Hoy tienen su conciencia más o menos limpia. Algunos, incluso, son líderes de la oposición externa. Me quedé por miedo y me equivoqué. Después no pude, mucho menos con lo que me sucedió.

No me lo esperaba. Había olvidado los grandes temas y buscado refugio en los pequeños. Me volví doméstica: me casé y procreé. Estuve a punto de ser feliz. Varios años después, cuando ya me creía olvidada del todo, llegó un misterioso automóvil y se estacionó frente a la casa. A las dos horas estaba en el nuevo palacio presidencial. Tres horas más de espera y llegó él. Me miró y sonrió como el primer día. Yo estaba un tanto petrificada, demasiado alerta, sabedora de que frente a mí no tenía al viejo amigo, sino al nuevo amo, al señor todopoderoso en que se había convertido, y yo, simple mortal, conocía algunos secretos de ese dios vitalicio. Me sentí en peligro. Él notó mi turbación y se esforzó en disiparla. De repente, pronunció las palabras mágicas: «La Causa te necesita». A esas alturas debió decir «La Revolución te necesita», pero utilizó el viejo sustantivo para restablecer la complicidad y también, eso lo sé, para alardear de su buena memoria. Pudo agregar «otra vez»; pero era evidente que ninguno de los dos quería hablar demasiado del pasado. Me hizo un montón de preguntas personales: Y ¿tu madre? Y ¿tu hermana... sigue tocando el piano? ¿Con quién te casaste? ¿Cómo se llama tu hijo? Y mientras fingía actualizarse, escudriñaba en el pozo de mis ojos. Cuando se aburrió de las formalidades mandó traer tres cajas llenas de papeles, las señaló con el dedo afilado de los grandes discursos y advirtió: «¡Quiero que ni el mejor perito del mundo sea capaz de notar la diferencia!».

Los documentos habían sido clasificados de la siguiente manera: cartas personales, papeles oficiales y notas de trabajo. Estaban escogidos de modo tal que yo no pudiera identificar al autor. Eran copias, por supuesto, y muchas hojas se hallaban recortadas o tachadas por aquí y por allá. ¡Unos garabatos imposibles! La tarea no fue fácil. Aquella caligrafía de hormiga me recordaba eso que antes llamaban letra de médico. ¿Por qué volví a hacerlo? No creo que tuviera opción. Yo me había apartado pensando que mi gesto tendría algún valor simbólico, pero el nuevo Júpiter tronante estaba tan absorto rediseñando el Olimpo que no tenía tiempo para esas pequeñeces. Se acordó de mí cuando le hice falta.

Dio por descontado mi beneplácito y se sorprendió cuando objeté.

—Ahora debes tener a tu disposición a otros que lo hagan mejor, a verdaderos profesionales —insinué una deserción.

—Es posible, pero ninguno ha pasado la gran prueba de la amistad... de la confidencialidad. Nosotros confiamos en ti —respondió pasando del tono íntimo al plural mayestático.

—He perdido habilidad —argumenté.

—Inténtalo —ordenó.

Lo intenté. Pero como siempre, la curiosidad me comía por dentro. Y también es que me quedaba mejor conociendo al personaje. La caligrafía es como un electrograma del alma. Una costumbre adquirida, sí, pero bajo lo aprendido siempre hay algo innato, muy íntimo. Los psicólogos saben de qué hablo, no estoy diciendo ninguna novedad. Lo que pasa es que una imitación mecánica me salía más pobre. Se lo planteé.

—Tenemos que consultarlo —me mintió. Y yo supe que no revelaría la incógnita. Dejé de insistir porque comprendí que cuando lo de Óscar Fernández Caral él nunca imaginó que yo había descubierto la trama; y que por alguna trampa del subconsciente, asumí que él sabía que yo sabía. Ahora resultaba evidente que no, y que él siempre se sintió confiado porque me creyó poseedora de sólo la mitad del secreto, la menos trascendente de las partes.

Casi veinte años después me ofrecía la mitad de otra confidencia. Siempre a medias, igual que las cartas náuticas con el tesoro escondido de los antiguos piratas. Mejor para mí, no fuera a ser que terminara como los constructores de sepulcros ocultos dentro de las pirámides.

—Me avisas cuando estés lista —dijo a modo de despedida.

Demoré tres meses en estar lista. No sólo desde el punto de vista técnico, sino sobre todo desde el psicológico. Porque con la familia fue un lío. Los del servicio de inteligencia, que también trabajaban a ciegas, crearon una trama tan complicada y arbitraria que por poco me cuesta el divorcio. Cada mañana me recogía un chofer y luego de cien vueltas sin sentido me llevaba a mi lugar de trabajo. El carro, el chofer y el lugar cambiaban cada dos o tres días. Una de esas mañanas locas, trasladaron a toda la familia a la playa de Tarará y luego a la de Varadero. Fueron unas largas vacaciones. Mientras tanto, una posta rotativa vigilaba nuestra casa abandonada, se suponía que para protegerla de posibles ladrones, pero al regresar, mi madre y mi hermana descubrieron —ya no recuerdo por qué detalles— que fueron ellos los que la husmearon de cabo a rabo. Por el vecindario regaron extraños rumores para justificar nuestra prolongada ausencia, al niño le pusieron un tutor, a mi marido unas mulatas y a mí me mantuvieron aislada la mayoría del tiempo. Casi me vuelven loca.

—¿Así que ya estamos listos? —no me acostumbraba a ese endemoniado plural. Además, por la entonación parecía una pregunta pero por la intención no. Era un modo raro de afirmar interrogando, o viceversa. Vi incluso en la frase algo de cinismo y de coquetería a la vez. Tampoco me gustó el brillo de sus ojos.

—Eso creo —respondí.

Frunció el ceño.

—Sí, ya estoy lista —rectifiqué a tiempo.

Me pidió ver algunas muestras, las comparó con los originales, me hizo escribir en unas hojas idénticas a las de ciertos papeles oficiales, los tiró sobre la mesa y los revolvió, escogió uno al azar y me lo mostró.

—¡Este es original! —afirmó con la certeza y la picardía de un niño.

Yo me acerqué y sin levantar la vista de la mesa le dije que no, que esa era una de las copias hechas por mí. Se negó a aceptar la equivocación y repitió varias veces el juego, luego tuve que ser yo la que escogía, hasta que se convenció de que no era fácil distinguir una de la otra.

—Te felicito —consintió al fin.

Entonces sacó una carta de su puño y letra y preguntó.

—¿Cuánto te llevará transcribirla?

No le respondí inmediatamente, empecé a leer.

Habana
Año de la agricultura

Se trataba de una carta de despedida y rápidamente confirmé que remitente y destinatario eran una misma persona, ¡porque si alguna letra yo conocía bien era la suya! No me di por enterada. Seguí leyendo sin contestar.

Me recuerdo en esta hora de muchas cosas, de cuando te conocí en casa de María Antonia, de cuando...

Era la renuncia y la despedida de un comandante, de un ministro, de alguien grande sin dudas...

Otras tierras reclaman el concurso de mis modestos esfuerzos...

Mientras leía en silencio, sentía que iba siendo observada minuciosamente, como si el más imperceptible de mis gestos fuera a revelar algo. Allí mismo, bajo su presencia, empecé el primer borrador. Pero las mujeres somos curiosas y a mí se me antojó corroborar que mi viejo compinche era el responsable único del contenido de aquella especie de testamento político donde tanto se le alagaba.

...me enorgullezco también de haberte seguido sin vacilaciones...

Era obvio que se escribía y se describía a sí mismo.

Pocas veces brilló más alto un estadista...

Entre tantas cosas que me pasaron por la cabeza estuvo la posibilidad de que la misiva hubiera sido elaborada por un equipo de sociólogos o algo así. A mí no me parecía, pero para salir de dudas se me ocurrió una prueba elemental; pinchar su vanidad: un amor propio tan desproporcionado que no admite la más pequeña enmienda a obra cualquiera de su autoría. Hice un cambio bien sencillo. En la primera oración eliminé el pronombre *me* y la preposición *de,* y con ello, creo, mejoré algo el estilo. Quedó así:

Recuerdo en esta hora muchas cosas...

Se molestó sobremanera y me obligó a reproducirlo tal y como él lo había concebido.

—¡No me cambies ni una coma! —resopló—. ¡Ni una coma!

No alteré nada. Reproduje hasta las faltas: la ausencia de algunas tildes, la omisión del artículo en el nombre de la capital, el paréntesis sin cerrar y el signo de admiración sin abrir de la primera página, las puntuaciones olvidadas y otros gazapos inexplicables que también se quedaron. Un tipo de errores que no abundaba en el material original y que, como te he contado, Carlita, estudié con lupa durante tres largos meses; sobre todo, el tema de las tildes, en el que había notado todo lo contrario: que el dueño real de la caligrafía solía ponerlas de más, como si no conociera a cabalidad las reglas pero quisiera cumplirlas o acomodarlas según su particular gusto estético o su palpable narcisismo.

Para escribir el manuscrito definitivo me dio unas simples hojas sueltas de una libreta de notas y se empeñó en que llenara las seis. Eso me obligó a espaciar las palabras, lo que traicionaba el estilo del modelo. Aun así, en la última página apenas alcancé a llenar cinco renglones.

—Esto le imprime realismo —acotó claramente complacido de su sabiduría.

No hubo firma, eso es algo que agregaron a posteriori, no tengo idea de quién, pero fue una decisión correcta: la falsificación de rúbricas es una especialidad aparte. Cuando lo de Fernández Caral, yo tampoco firmé... Otra razón podría ser la de evitar que una sola persona —un posible chantajista, no sé, un desertor, o algo así— tenga todas las evidencias en su mano.

¡Estaba loca por terminar! Quería devolverle la normalidad a mi vida, pero fue imposible. Mi paz duró unos pocos meses, exactamente hasta aquel día en que el muchacho alto del acento oriental leyó a todo el país, con el tono conmovido de los magnos acontecimientos y desde su pedestal de nuevo César, la carta de despedida del Che. Yo no salía de mi asombro, pero el propio aludido debió, en su lejana trinchera, quedarse con la boca más abierta que la mía. Yo tenía mis sospechas, por supuesto. Hacía tiempo que el Che no se dejaba ver, nadie daba explicaciones, había rumores de fuertes desacuerdos y hasta de deserción. Lo evidente era que la carta libraba de responsabilidad al destinatario, pero comprometía al emisario. Se puede afirmar que lo delataba. ¡Bueno! No intentaré descifrar los motivos de tamaña jugarreta, pero dejo constancia de ella. ¡Que interpreten otros! De eso hace ya 35 años y no creo que mi revelación importe mucho a estas alturas. Sin embargo, los que vivimos aquellos exaltados días, aquellas jornadas en que nos impusieron la maldita epopeya, saben el tremendo impacto que causó la misiva. Cuando dos años después el Che murió, la carta apócrifa —cuya lectura pública, estoy convencida, aceleró su captura— se reprodujo hasta el infinito, se incorporó al catecismo escolar del país y tanto niños como adultos la recitaban de memoria. Para mí constituyó una permanente tortura. En el 68 publicaron el *Diario de Bolivia*, un documento que no creo que hayan podido adulterar demasiado porque antes de llegar a sus manos pasó por las de tres agencias extranjeras. Ahí corroboré que mi trabajo había sido una chapucería. A cualquier aficionado le bastaba comparar la caligrafía del diario con la de la carta para que las diferencias saltaran a la vista. Siempre me ha llamado la atención que nadie lo hiciera. Al menos que yo sepa.

Todo les salió demasiado bien. Afirmaron que la epístola había sido redactada un tiempo atrás, cuando lo del Congo; dijeron un montón de cosas, mezclaron verdades y mentiras y convencieron a la gente. Yo no entendía por qué tanto misterio conmigo, si al final se iba a saber el nombre. ¿Por qué tuve que enterarme de esa manera, viéndolo en televisión? Ese día estuve a punto de cometer una indiscreción, porque mientras él leía en la pantalla los fragmentos de la carta, yo iba, en la sala de mi casa, automáticamente, entre dientes, recitando lo que me sabía de memoria, adelantándome a veces al orador. Recuerdo a mi marido confundido, mirándome de reojo, yo trataba de disimular con un comentario frívolo: «Viste cómo han adornado la tribuna con una tela tachonada... esas son cosas de Celia». Mi esposo se hizo el tonto. ¡O de verdad no entendió nada! No le pregunté entonces ni le pregunté jamás.

Aquello cogió vuelo. Yo estaba aterrada, atravesada por todo tipo de temores. Temor a que me desaparecieran para guardar la castidad del secreto. Horror a que un perito enemigo descubriera las evidentes faltas. Pánico a tener demasiado éxito y ser utilizada para siempre en esas tareas sucias. Miedo a ser olvidada de nuevo, a hablar dormida, a soñar despierta. Algunas de mis sospechas estaban cerca de la verdad. Porque a partir de entonces viví espiada para siempre. Ellos le llamaban, eufemísticamente, estar atendida. Me buscaron un buen trabajo y otros pequeños privilegios. Los vecinos se daban cuenta de que era alguien especial en el barrio, pero no sabían por qué. Me sumí en una larga depresión. Hubo un momento en que, hastiada, acaricié la loca idea de escapar y contarlo todo, de hacerme justicia. Pero comprendí que nadie me creería. Ellos también lo comprendieron. Pasaron los años y no volvieron a molestarme hasta aquella mañana en que irrumpieron en mi casa y después de un largo registro, se llevaron preso a mi hijo.

No voy a contarte cuánto pasé, porque de alguna manera está dicho ya. Sólo agregaré que toqué todas las puertas y ninguna se abrió. ¡Por supuesto que intenté llegar al nivel más alto! Pero fue inútil. Yo no existía. Amenacé con revelarlo todo y nadie pareció entender la amenaza. Fui a la embajada de Francia, y no me dejaron ni acercarme a la puerta. Fui a la de España, a la de México, a la de Canadá, y de todas me botaron. Una mañana gris, cuando me dirigía a la sede del Vaticano, fui arrestada.

—¡Compañera!, ¡si quiere volver a ver a su hijo, quédese quieta en su casa! —no hacía falta que me explicaran la amenaza.

Ya sé que te dije, querida Carlita, que sólo contaría mis culpas, que me guardaría las penas. ¡Pero en muchos casos se me enredan! Porque... ¿quién me quita de la cabeza el sentimiento de culpa? ¿Quién me arranca del alma la dolorosa sensación de que mi hijo fue una víctima de mis malas acciones? ¡El hijo preso por culpa de su propia madre! ¡El hijo muerto a consecuencia de las acciones de la que le dio vida! ¿Quién me convence de lo contrario? ¡Nadie! ¡Porque estoy segura de que la vigilada era yo! ¡Estoy segura de que ese registro era para mí! ¡Eran «mis papeles» los que buscaban!

¡La culpable soy yo! Él juró culpabilidad y yo entiendo su lógica y su civismo, pero él no sabía, no podía saber. Él era inocente. Fui yo la que le inculqué unas ideas que no practicaba y le hablé de unos valores que a mí me faltaban. Y no lo olvides, mi niña, yo ayudé a edificar el monstruoso mundo en que a ustedes les tocó crecer, y fui una de las que con mis mentiras y falsificaciones afilaron los colmillos de este Saturno incontrolable. Por esas y muchas razones, no duermo tranquila. Porque incluso cuando supe el modo en que había sido masacrado mi niño del alma, en esa balsa diminuta, tratando de poner a salvo sus apuntes, pensé que le habían disparado porque creyeron que en esa libreta iba mi confesión. ¡La culpa es mía! Y hoy por hoy, cuando cierro los ojos tratando de ver el rostro de mi hijo, lo que veo es la cara sonriente, y algo borrosa ya, del sargento Fernández Caral, parado allí, de posta en la Universidad de entonces, diciéndome lo de siempre: «Emilita, se me ha perdido una libreta como ésta, si la ves, por favor...». Y cuando logro quitar el rostro del sargento al cuerpo de mi hijo, lo veo vestido de escolar, con pantalones cortos, recitando en la escuela la puñetera carta del Che. Otras veces, en esas noches terribles que ahora no tengo ánimos para describir, me miro en el espejo y al que veo es a Pepe de Jesús Ginjaume, echándome en cara, con su sola presencia fantasmal, el crimen que por mi culpa le acreditaron. ¡Es la mala conciencia! No lo tengo que decir.

Debería terminar aquí mismo, querida Carlita, pero aunque te parezca increíble, todavía tengo secretos que sacar del bolso, aún tengo algo más que contar. Algo que en cierto modo te concierne. Empiezo por reconocer que ya conocía los papeles que me enviaste. No todos, por supuesto. La sorpresa fue el intercambio de correspondencia entre tú y Serafín. No tenía idea... ahora comprendo un poco mejor tu actitud. No tengo que decirte lo dolida que estaba contigo. Pero, bueno, ¿quién soy yo para juzgar? ¡La buena noticia es que el sobre está a salvo en tus manos! Yo lo daba por perdido. He padecido bastante por esa razón. Te cuento lo que pasó.

Muerto mi hijo, quedé a la deriva, y en casos así parece que todos hacemos cosas parecidas. Reconstruir los últimos meses de su vida se volvió también mi obsesión. Estos tipos no me permitieron velarlo, apenas me notificaron el lugar donde dijeron que había sido enterrado, no autorizaron epitafio, tarja o señal alguna que indicara un posible punto de reunión o de oración. Esta gentuza no sólo se ha adueñado de la violencia, sino que se guarda para sí el rol de víctimas. No nos dejan siquiera el consuelo de enarbolar nuestros muertos. Los únicos cadáveres venerables son los suyos, los únicos victimarios posibles son ellos mismos. En un rincón olvidado, bajo un trozo de mármol anónimo, me señalaron, me dijeron que estaban los restos de mi hijo, carne de mi carne, alma de mi alma, dolor de mi dolor sin límites. No le recé, no lo lloré porque sigo sin creer, sin saber, sin poder verificar si realmente están allí los huesos queridos o si flotan para siempre entre las olas o si se han vuelto semilla de las profundidades. ¡No lo sé! No tengo lágrimas suficientes para saciar esta sed, que no entiendo bien si es de venganza o de arrepentimiento o de martirio.

Un día, tal vez por las mismas razones inexplicables que tuviste tú o, igual, por palpar el pasado, metí la mano en aquel agujero tantas veces utilizado parta recibir el correo furtivo de nuestro Serafín y me tropecé con el inesperado legajo. Me lo llevé... ¿Imaginas la angustia con que lo leí una y otra vez? ¿Imaginas la sorpresa cuando choqué con la confesión de Raúl? ¿La indignación? ¿La urgencia revanchista que me invadió? ¡No! ¡No lo puedes imaginar! El dolor y el amor de madre son insuperables. Yo sólo tenía cabeza para planear mi desquite. En mi nombre y en el de Serafín. Ojo por ojo.

Tanto los textos de mi hijo como los de su delator estaban en primera persona. Los reescribí. Cada uno por razones diferentes. Imité con facilidad la escritura de Serafín. Pero la del chivato —a pesar de su meticulosidad— no me cuajó bien. La explicación es sencilla. Primero, yo había perdido facultades y, segundo, este joven pertenecía a la generación que no recibió nunca clases de caligrafía: en mi época se estudiaba con métodos como el Palmer, y por eso todos, más o menos, poseíamos unos rasgos comunes. Después, y no me preguntes por qué, la asignatura desapareció del universo escolar, a lo mejor se le consideró una debilidad aristocrática, no tengo idea, lo cierto es que imitar la letra de los jóvenes me da bastante trabajo. En el pasado, por mucho que trataras de estropear la caligrafía, siempre quedaban determinados trazos delatores, signos aprehendidos de tal forma que descubrían las horas de entrenamiento, de líneas repetidas hasta el infinito. ¡Ahora es imposible! Cada cual emborrona sus cuartillas como le viene en gana. A mi hijo lo enseñé yo, y aunque era descuidado, algo se le pegó.

En realidad creo que me estoy adelantando a los hechos. La cosa no fue así. Quiero decir, en ese orden. Discúlpame, pero a veces me dejo llevar por la emoción y pierdo el hilo. La verdad es que aunque me costó trabajo, con un esfuerzo extra logré imitar la poco educada caligrafía de Raúl. Entonces pasé a la segunda etapa de mi plan. Por su propia confesión, me había enterado de la existencia de esa novia terrible llamada Clorofila. Primero pensé que era un nombre ficticio: me costaba creer que alguien le hubiera dado a un hijo semejante apodo, pero luego pensé que yo le había puesto al mío Serafín, y que las últimas generaciones eran un prodigio de nombres más disparatados todavía. Así que indagué y luego de dar unas cuantas vueltas encontré a la Cloro. No establecí contacto con ella, sólo verifiqué su dirección y le escribí, con la mala letra de Raúl, una página ofensiva en la que dedicaba un corto párrafo —más que suficiente— a criticar al gobierno y a sus principales dirigentes. Si mis cálculos no fallaban, la joven entregaría la carta a las autoridades y el vil delator de mi hijo probaría de su propio veneno. Diente por diente.

Pero el hombre propone y el diablo dispone. Al menos en mi caso. Cuando ya tenía la carta lista, metida en su sobre y con el sello puesto, y caminaba llena de rencor hacia el correo de la calle 21, sucedió aquel horroroso acto de repudio. Tú ya lo narraste, mi Carla, pero yo lo vi completo, incluso lo que vino después de que te llevara la patrulla de la policía. A ti te contaron el sangriento desenlace, pero yo fui testigo de los hechos hasta el final. Yo iba con mi carta, rezando para que se cumpliera la venganza, para que ese infeliz sufriera lo mismo que padeció mi hijo, para que su madre llorara las mismas lágrimas de sangre que yo, y no tuve que echar el sobre en el buzón porque la venganza se cumplió ante mis ojos.

Aquella jauría lo despedazó. Me pregunté cómo habíamos llegado a semejantes niveles de salvajismo. La multitud me respondió con un nuevo rugido. Dejé de ver al despreciable delator de mi hijo y me apiadé del ser humano. De ese pobre chiquillo que tuvo un momento de grandeza cuando se expuso a la multitud para salvar a su amada. Fue un gesto novelesco, pero fue también un acto de elemental humanidad. Lo pagó caro. Lloré lágrimas de culpa y de vergüenza. ¿Quién dice que la venganza es dulce? Es amarga. Ácida como la bilis que corroe al vengador. La justicia debe ser otra cosa. Incluso la divina. La justicia no puede ser la inútil revancha.

Me arrodillé en medio de la calle. Alcé los brazos al cielo y clamé para que no lo siguieran golpeando. Lo pedí a gritos y nadie me escuchó Entonces recé entre dientes, abrumada de pronto por una certeza mística, rogando para que nada fuera cierto, para que no se castigara así mi insolencia, para que no siempre fueran otros los que expiaran mis culpas. Las súplicas se estrellaron en la nada.

No encontré cara para ir y dar el pésame a los padres del muchacho. Me encerré y lloré una eternidad. Luego, sin saber cómo ni bajo qué inspiración, me senté frente a la máquina de escribir y comencé a darle forma a la pobre confesión de Raúl. Trajiné el texto una y otra vez. Agregué, quité, le di vueltas, y como mismo había hecho con los apuntes de nuestro Serafín, lo rehíce en tercera persona. Fue una trampa del subconsciente, ahora lo comprendo bien: en el fondo estaba cumpliendo, con egoísmo, mi antigua pretensión de ser una literata encontrando en los demás el estilo propio que nunca tuve. Pero no era exactamente un plagio, porque no tenía intenciones de firmar nada con mi nombre, o sí... porque lo cierto es que pensaba ponerlo bajo la rúbrica de mi hijo. Como ves, he sido mezquina hasta en mis actos de piedad. Ahora no puedo porque tú me has descubierto. Mejor así.

Me asombra el detalle por el que llegaste a la conclusión de que la parte escrita a máquina pertenecía a Raúl. Yo no lo había notado. ¿Cómo no me di cuenta antes? La verdad es que esa parece otra señal, otra pista dejada por el destino para impedir que le robara el crédito al muchacho. Ahora me parece recordar a Serafín preocupado porque la máquina de escribir —una vieja Remington— se había roto irremediablemente. Y lo recuerdo también llevándola a un taller de reparaciones donde, imagino, la maquinita terminó por extraviarse. Raúl le prestó la suya —otra prueba de amistad, pensé entonces—, pero nunca la usó por falta de cinta. En esos días mi hijo andaba con tanto sigilo que no me preguntó. De haberlo hecho se habría enterado de que yo guardaba un paquete de cintas sin estrenar. Todo un tesoro en época de escaseces. Cuando me senté a reescribir el tibio *mea culpa* de Raúl, no reparé en el cambio de la vieja Remington porque todas lucían más o menos igual. Noté el extraño agujero que hacía la letra *o* en el papel, pero tampoco le di mucha importancia. Los objetos se rompen. ¿No? ¡Bastante con que funcionara!

Alteré muy poco el contenido, nada de la psicología de cada cual. El cambio más notable fue el de punto de vista. Lo moví para poder, bajo la fachada del narrador omnisciente, inmiscuirme en el relato. Acentué la vulgaridad de algunas escenas con la secreta intención de embarrar el amor que Raúl sintió por ti. Me moletaba esa pasión, y en el fondo de mi corazón odié su sacrificio, porque de algún modo lo equiparaba al de mi hijo. Si la idea resultó mala o buena, ya no tiene remedio porque quemé los originales. No quería que mi marido los encontrara. Él es un hombre discreto, silencioso, incapaz de registrar mis cosas, pero en esos días lo vi más curioso de la cuenta. «¿A quién escribes tanto, amor, si ya no nos queda nadie?» Yo creo conocerlo bien y por eso nunca he querido hacerlo cómplice de mis locuras. ¡Bastante ha padecido ya! Yo asumo toda la responsabilidad, él no sabe nada, nunca ha sabido nada. Lo exonero de antemano.

Te sigo contando. Cuando terminé mi obra, la protegí de la humedad metiéndola en un bolso plástico, la amarré con cien nudos imposibles y, a la espera de mejores tiempos, la escondí en el mismo hueco donde había encontrado los originales. No tenía un plan, ni la menor idea de lo que se podría hacer con aquello, pero me reconfortaba saber que allí estaba parte de la vida de mi hijo —de mi único hijo— de su sacrificio y de su legado.

Empecé a ir a misa los domingos; no lo hacía desde mi juventud. Necesitaba consuelo. Cada vez que regresaba de la iglesia de San Antonio, solía verificar si el escondite permanecía intacto. Tomaba un montón de precauciones, daba vueltas sin aparente sentido para descartar cualquier persecución y con mil cautelas metía la mano en el hueco. Pasaron los años y mi ruta dominical se me volvió una peregrinación. En lugar de ir al cementerio, donde en realidad no sabía a qué osamenta le hablaba, prefería esta otra tumba simbólica, en la que sentía más cerca la presencia de mi muchacho. ¡Hasta aquella mañana en que mi mano derecha asió el vacío una y otra vez, hasta cerciorarse, con desesperación, de que en el escondite ya no había nada. ¡No tienes idea del suplicio que viví! ¡Las veces que regresé al mismo punto con la vana esperanza de hallar lo perdido! ¡No sabes el sentimiento de culpabilidad que me asaltó! ¡La paranoia! ¡La crisis depresiva en la que me sumergí! ¡No te lo puedes imaginar!

Por eso tampoco puedes hacerte una idea de la alegría que sentí al recibir de manos de ese turista español las fotocopias que me enviaste, ¡que me devolviste! No lo podía creer. ¡Después de tantos años! Así es la vida. Releí cada página con una luz nueva. Y, por supuesto, ¡me quedé sorprendida con el contenido de las cartas! Supe que Serafín te había escrito porque Raúl lo menciona, pero nunca me pasó por la cabeza la dimensión de tu respuesta. Me alegra saber que nunca la leyó.

Carla... ¿te has dado cuenta de que cada uno de nosotros tenía la misma necesidad de desahogarse? Todos, de un modo o de otro, hemos hecho nuestra particular catarsis. Eso es lo que hemos hecho: conciliarnos con la verdad. Este fue mi turno. Ya dije lo que tenía que decir. No vaciles en publicarlo todo. Incluye también tus cartas y la mía, por supuesto. Tú estás afuera, es decir, a salvo. Yo asumo las consecuencias. ¿Qué más tengo que perder? En cuanto a tu situación actual, sólo puedo desearte suerte. Ya pasó lo peor. ¡A fin de cuentas, esa pintura siempre fue de tu familia!

Para evitar otro susto, he copiado a mano —aquí las fotocopiadoras son un lujo— el texto completo. Ahora tengo varios juegos. Te haré llegar dos o tres por vías distintas. No te preocupes, que alguno escapa. Aunque me vigilen día y noche, se los voy a pasar por debajo de la mesa. No olvides que soy una vieja conspiradora. Y, por si acaso, dejaré una copia donde sólo tú y yo sabemos.

¡Arriba, Emilia, llegó la hora de sacudirse el miedo! Yo también me voy a quitar la careta. ¡Que se entere el mundo! Y si a nadie le importa... ¿qué le vamos a hacer? Nosotras hicimos nuestra parte.

Un beso.

Mándame fotos en colores para romper la oscuridad.

¿Es bonito Madrid?

NOTA FINAL

Emilia Agramonte García murió de una repentina enfermedad el 13 de agosto de 2001, poco después de haber sido arrestada por difundir noticias falsas. Un año y siete meses después, su viudo, Rolando Rodríguez Baguer, fue inesperadamente condecorado en un acto público, en el que se reveló su verdadera filiación.

Carla María Miranda Gatell perdió la demanda que contra ella entabló el galerista, pero no fue deportada. Ahora vive en Barcelona.